河出文庫

冥土めぐり

鹿島田真希

河出書房新社

目次

冥土めぐり

冥土めぐり

十時発のこだまに乗らなければ、と奈津子《なつこ》は思った。

向こうについたら、シャトルバスは何本も出ているし、チェックインの時間まで余裕がある。だけど奈津子はこの旅を、予定通りに進めたい。もし、予定から数分遅れたらそれだけでも、この旅をし損《そこ》ねてしまう。そんな気持ちになっていた。

一方、太一《たいち》はなにも知らないでいる。新幹線に乗車すると、四肢の悪い彼はあちらこちらの席にぶつかって、自分の指定席を見つけるや、どかっと座り込む。身体が不自由とはいえ、不自由なことに遠慮を見せていなければ、同情されるどころか、顰蹙《ひんしゅく》を買うなどという理不尽を、彼はまだ知らない。まだそういう痛い目に遭《あ》ったことがないのだ。それどころか自分の座席を見つけると自分の手柄であるかのように、奈津子を手招きする。

奈津子は太一に対して妻らしい気遣いはなにもしない。入退院を繰り返していた頃はいろいろと世話を焼いたが、もう疲れてしまったのだ。今や残酷とさえ言える冷めた目で夫を眺め、太一の後ろを歩き、隣の席に腰を下ろす。夫という人間を見ているというよりも、理不尽という現象そのものを見ているかのように。しかし気の毒なくらい他人の悪意に鈍感なこの夫はいつもどおり妻に甘えて、コートを脱がしてくれと背中を向ける。新幹線が発車してしばらくして、車内販売のカートがやってくると、奈津子はねだられる前に、アイスクリームを買い与えた。太一は早速機嫌《きげん》よくアイスクリームを食べている。

奈津子はようやっと束縛《そくばく》から逃れるかのように、母親が送ってきたピンクのカーディガンを脱ぐことができた。

一泊二日の小旅行。奈津子以外の人間、奈津子のような経験をしていない人間にとっては、ただそれだけだろう。

新幹線が少し滑《すべ》っただけで、もう品川だ。結婚して太一が病にかかり、入退院を繰り返して三年、それから病名がはっきりして五年が経《た》つ。だけどその八年間は奈津子の人生の中で、いくらかましなほうだ。それ以前の環境については思い出したくもなく、奈津子はその自分の過去についてを、「あんな生活」と呼んでいた。あんな生活。まさにそんな言葉でしか言いようのない体験を奈津子はしてきた。それは貧困でも、孤独でも、病気でもない、なにものかだ。

だが一月の終わりのことだった、奈津子はスーパーへ行く途中の町内の掲示板にこんなポスターを見つけたのだ。

「二月、平日限り、区の保養所の宿泊割引一泊五千円」

その時、奈津子は非情な悦楽と耐えがたい苦痛の矛盾に引き裂かれて恍惚《こうこつ》とした。それは奈津子が幼い時に両親と弟と四人で出かけたあの高級リゾートホテルだったのだ。

太一の頭越しに新幹線の窓から見える山々、浅春ののどかな景色のそれぞれは、奈津子の心の静寂を乱す雑音そのものだ。奈津子はそこから逃れるように、深い追憶に浸った。

あのホテル、いや保養所は、もう随分古いに違いない。

「ああ、やっと帰ってきた。ここが私の第二のふるさとなのよ！」

チェックインの時、革のソファから身を乗り出して、母親がまるで発作のようにそう叫んだことを覚えている。まるでそのホテルが彼女の第二のふるさとであることを信じてもらえず、それが不公平で仕方がないということを、誰かに、きっと誰にでもないのだろうが、とにかく訴えるように。その時八歳だった奈津子はウェルカムドリンクのアイスティーを黙って飲んだ。四歳下の弟も、なにか母親の尋常《じんじょう》ではない様子に気づいたのだろうか、温水プールで泳ぐための浮輪を持ったまま、呆気《あっけ》に取られた顔をしており、やはり無言だった。父親は、どうしていたのだろう、チェックインの手続きでもしていたのかもしれない。とにかく印象が薄い。だが母親と自分たち二人の子供はいつも父親が存在していないかのように振る舞うところがあった。みんな父親には無関心で、常に無視して、それが当然だと思っていた。だから彼についてはどうでもいいことだ。

母親はホテルがいかに素晴らしいかを話し続ける。その話は行く前から繰り返しされていたので、奈津子はうんざりして聞き流す。ホテルの真紅の絨毯《じゅうたん》が、あまりにも鮮やかで、奈津子は息苦しくなる。その時点でさえ、ホテルは母が幼い頃からある老舗《しにせ》のホテルだった。奈津子はホテルをモノクロの八ミリフィルムで何度も見せられて、もうたくさん、というほど知っていた。銀幕のスターよろしくタキシードを着た若い祖父。当時は珍しいデコルテの見えるドレスを着た祖母。二人が古い八ミリ独特のぎこちない荒いコマの動きで、ホテルにあるというサロンで踊る。そのことが母親にとってどんなに誇らしいことであったかということも知っている。一生のうち、一度はあのホテルに泊まってみたい、みんなそう言うんだ。祖父は言っていた。母親もその言葉を自分で思いついたかのように、繰り返し幼い奈津子に言っていた。

そんな傲慢《ごうまん》だったホテルにあんな安い値段で泊まれるのは、きっとなにか理由があるに違いない。海を見下ろすように立つあのホテルが大衆化したと知った頃、学生だった奈津子は一人でふらりと行ってみたいと考えたこともある。簡単なはずだった。だが、奈津子の中ではなんとなく現実離れした思いつきに見え、結局訪れることがなかった。

あんな生活、という体験、経験に見舞われてから、奈津子は色々なことを知った。直視できないことについても見てきたように思うが、奈津子には記憶が曖昧《あいまい》でそれをうまく思い出したり、言葉にしたりできない。奈津子が幼い頃のこと、借金苦で一家心中した家族が、死ぬ前の日にディズニーランドへ行ったという報道があって、スキャンダラスに扱われていた。奈津子は幼いながらも事件に異常に興味を覚えた。母親に内緒でこっそり週刊誌を読んでみると、子供は自分と同じ年だった。奈津子は子供の気持ちを何度も想像した。死ぬ前の日にディズニーランドに行くなんて楽しいのだろうか、と。

だけど、あんな生活を通り過ぎた奈津子はもう知っている。楽しめるのだ、ということを。

旅立ちの日は、二月の終わり、もっとも旅行客の少ない時期と決めた。それまで奈津子は自身にいっそう禁欲と清潔さを強《し》いた。欲しいものがあるわけでもないのに、節約を心がけ、ガラスのコップを乾いた新しい布巾でぴかぴかに磨《みが》いた。安らかな、しかし泣きたくなるような気持ちが心を満たし、極めつけはこう思う――もう思い残すことはあるまい。

そして奈津子は、八年ぶりに旅行へ行くのだということを太一に告げたのだった。太一の反応は予想通りだった。こちらを向いてただ頷《うなず》くと、また視線をテレビに移した。だけど反対されないのであればどんな反応でも構わなかった。どうせ太一にはこの旅の意味など一生わからないのだから。とにかく、区の保養所が割引になって、破格の値段で行ける、だからお金のことは心配しなくてもいい、と説得した。しかし誰を説得したというのだろう？　太一は旅行の話など聞いていなかったかのように「今日のご飯なに？」と訊《き》いた。だからといって太一が、妻を飯炊《めした》き女と見なしているというわけではないし、二人は倦怠期《けんたいき》を迎えているわけでもなかった。ただ太一は女とか妻とか、そういう種類の人間の喜ばせ方を知らないのだ。

この旅行のために、十万円を引き出した。一人で区役所へ行き、保養所へ行く申請をして、一人で新幹線の切符を買った。なにもかも、一人でやった。

　ようやく準備を整え帰宅した日も、太一はいつものようにテレビを見ていた。テレビでは想像もつかない大金持ちの生活が映っているが、自分の財布にも、一万円札が十枚入っていた。奈津子は意味不明の興奮をなんとか隠して淡々とテレビを見た。そこには、モナコにホテルを持っていて、いつでもタダで行ける人がいる。だけど自分も思い切って十万円を下ろした。得体の知れない高揚感に浸っていると、携帯電話が鳴り、番号を見ると母親からだった。奈津子はしばらく出ないまま、その番号を見つめる。今出たら、旅行へ行けなくなるかもしれない、と漠然と思う。「電話に出たら？」と太一に言われて、出たくない理由を説明できず、ようやく通話ボタンを押した。

　――ねえ、あなたなにしてるの？　私はいつもみたいに、ベッドに横たわって話をしているのよ。なにかおもしろいことないの？　母親は甘えるように話し始めた。要するにすることがないのだ。本当はあるだろう。家事とか、趣味とか、いろいろ。だけど、母がすることを見つけられないのは、まるで慢性の病のようなもので、どうしようもないのだ。――ところで私が送ったカーディガン届いた？　私の好きなモヘアなの、ピンク色で、ふわふわで、リボンがついていて、そのリボンの結び目のところにパールがついていて、私、すっごく気に入っちゃったの。

私、今テレビ見ているの、と奈津子は電話を切ろうとした。——なんのテレビ？　母親は電話を切ろうとしない。母親にとって退屈を紛《まぎ》らわすことができるかどうかというのは、きっと重大事で、死活問題なのだ。世界のお金持ちの番組なの。モナコにタダで行けるんですって、それも何回でも。

なによ、と母親ははき捨てて黙り込んだ。声音を聞いて、奈津子はこれから自分が怒りのはけ口にされるであろうことがわかる。——私だってモナコに行きたいのに、どうしてその人たちはモナコへ何度も行けるのよ。それもタダで。

ごめんなさい。奈津子は反射的に謝《あやま》った。母親にこんな話をすべきではなかったのだ。奈津子はただ謝った。一体どうして、どういうお金持ちが、タダで、モナコに行けるのか、私にはよくわからないの。

——ああ、そう。

暇で気がおかしくなりそうだと散々繰り返した母親はようやく電話を切った。だけどきっと母親は自分の方こそ被害者だと思っているに違いない。モナコへタダで何度も行けない自分は被害者だと。奈津子にはそれだけはわかる。

奈津子が過去をたどっていると、「もうアイスなくなっちゃった」という太一の声が聞こえて、現実に引き戻された。

隣を見ると、車内が暑いのか、太一が頭部保護帽をゆっくり取っている。寝癖があった。

「昨日、やっと頭洗えたんだよ」

「怪我《けが》が治ってよかったわね」

快感を反芻《はんすう》するように目を細めた太一の表情は、世の中には意地悪をする人など絶対いないと信じている、過去にした人がいたとしても、すぐにその人の存在を忘れてしまう、そんな可哀想な人間の表情だ。奈津子はなぜか痛みを堪えるかのように微笑する。

「ふけだらけだったから、三回洗ったんだよ」

太一は自分のことをあまりよく知らない。おそらく奈津子にどう思われているのかも。きっと自分が人に愛されるか、尊敬されるか、ちやほやされるか、そういうことに全く興味がないのだ。

十日ほど前、手脚の動きが思うにまかせない太一は転んで頭を打ち、四針の怪我をして、風呂に入れなくなった。太一を温泉に入れてやろう。それが奈津子にとってのせめてもの罪滅ぼしだった。だから奈津子はそれができなくなると思うと、たちまち恐怖を感じた。人は罪を償《つぐな》う時よりも、それができなくなる時のほうが苦痛を感じる。

だが、間に合ったのだ。整形外科で、太一の頭から一針一針、糸が切られるのを見るたびに、奈津子は性行為にも感じられない痺《しび》れを覚えた。抜糸がすべて終わると、太一はきょろきょろと辺りを見回して、ふけだらけの頭を掻《か》いた。

三十六歳の太一は、脳の発作を繰り返したせいか、白髪だらけだ。なんの前兆もなく、ある早朝に、獣のような叫び声を体のどこからか挙げて、体をこわばらせて、白目になり、泡を噴いて意識を失った。数秒、とても神聖な沈黙が訪れ、鳥の鳴き声だけが聞こえた。それは、別の人間が太一の肉体を乗っ取り、「お前はどんな男と一緒になっても幸せになれない。これでわかったか」と言っているように奈津子には見えたのだが、単なる脳神経の発作だった。

八年前、奈津子は初めてこの発作を見た時からデジャヴを感じていた。自分はこの発作を見たことがある気がする。もっと抽象的で観念的な発作であるが。そしてその体験に繰り返し痛めつけられてきた。

発作は太一に度々訪れ、太一の肉体を奪うなにものかは、奈津子に繰り返し、「お前は幸せになれない」と言うと、奈津子に反論もさせずに去っていった。だが、奈津子はそれにすら慣れてしまった。きっと自分は幸せになるのに値しない人間なのだろう。日々、淡々と家事をこなしたり、児童館で子供と遊ぶパートをこなしていきながら、奈津子はそんなふうに感じるようになった。傷が治るように、ごく自然に。

奈津子は唇に妙な乾きを覚える。そういえば今日は、慣れない化粧をしたのだ。母親がホテルに行った時のように。あの時、母親は当時流行っていたイヴ・サンローランのアイシャドウを着けていた。元スチュワーデスの母親は、化粧がうまいことが自慢だった。「あなたもスチュワーデスになるでしょう?」奈津子が小さい頃から母親はまるで疑いの余地がないようにそう繰り返した。奈津子の反応が悪いと、母親は言い聞かせる。——スチュワーデスというのは、たくさんの女性がなりたい憧れの職業で、選ばれた女しかなれないの。美人で、背が高く、眼鏡をかけていない女しかなれないし、空の世界と外国がすごく刺激的で、パイロットと結婚するチャンスだってあるの。奈津子がその価値が全くわからないという反応をすると、母親は哀れむような目で奈津子を見て、話をやめてしまう。それでもしばらくすると、またスチュワーデスの話は始まる。スチュワーデスは女の子の夢であり、憧れなのだから。自分は娘を十分健全に産んだのだから、いずれ娘もスチュワーデスに憧れるようになる、そう確信しているようだった。しかし奈津子は選ばれた人間でなくても、刺激的でなくても、もっと単純な手作業のような仕事に興味があった。母親と奈津子、どちらがありふれた人間なのか、奈津子には未だにわからない。なにもわからない。

それでも、今でも母親は、パート働きの主婦である奈津子から、少しでもスチュワーデスを連想させるものをなんとか探し出そうとするのだ。――お隣のおばあさんがね、うちの近くで美人を見たって言っていたのよ。ただそれだけの用件で母親は興奮して奈津子に電話をかけてきたことがある。多分あなたのことよ。だってそうでしょう？　私の娘なんですもの。

奈津子はこんな母親を呆《あき》れるほど愚かだと脱力するのだ。たまたま見かけた通りすがりの美人。ただ、それだけの情報で、それを自分の娘だと思っている。通りすがりの美人が自分の娘ならいいのにと思っている。母親は、本当は元スチュワーデスの自分自身が美人だと言われたいのだ。そしてそのことに気づかないまま、あなたが誉《ほ》められているのよ、とわざわざ電話をかけてくる。母親は自分で自分がなにを考えているのかさえわかっていないのだ。

出発直前に奈津子が化粧をしている時、太一はグラビア雑誌を読みふけっていた。太一は見切れないほどのアダルトＤＶＤやグラビアを大量に安く買っては、部屋中に無造作に置いていた。まるでチョコレートや切手、シールのコレクションと同じように。そんな太一を奈津子はなんだか可笑《おか》しいと思っていた。女の肉体に興味があり、男性の肉体を持っている、ただそれだけで自分のことを男だと思っているのだ。そう考えると、くすくすと笑いがこみあげてくる。一握の蔑《さげす》みもないといえば嘘になるが、微笑ましいと思っていることは確かだ。

トンネルを越えると、青海がぱっと広がる。

駅につくと、太一は杖《つえ》をつきながら、前のめりに一歩一歩進んだ。奈津子はそんな太一の手を握る。太一の手は広く厚く、汗ばんでいる。その手を握るたびに、私が生きようが死のうが、そのことに興味を持っているのはこの人だけだ、と奈津子は感じる。だから奈津子は生きるとしたら、この人のために生きようと思う。誰かのために生きることを尊いと思っているわけではないが、それ以外の人のためには、生きる必要もないだろう。

改札を抜けると、バスターミナルがある。この中のどれかが、シャトルバスの停留所のはずだ。奈津子が区役所からもらった地図を広げると、太一も餌《えさ》をもらう動物のように鼻を近づけて、地図を見る。だがきっと太一はなにもわかっていないのだ。シャトルバスは駅から一番離れたところにあるらしい。太一を連れて、ターミナルをゆっくり回っている途中に、足湯があった。太一に寄らせてやったら喜ぶかもしれないと思うが、時間の余裕がない。

その時、ふと、奈津子は太一に手を引かれた。

「なに？」

と、奈津子が尋《たず》ねる。太一は横断歩道を渡っている子供を指差す。

「子供がいる時は信号無視しちゃだめだよ。真似《まね》するでしょう」

「まあ、一理あるわね」

奈津子は、ふっとため息をついて力を抜く。太一がたまに発する言葉には、説得力がある。

「海鮮丼食べたいな」

太一がいつものように無邪気に店の旗を指差す。

奈津子はなにも言わずに店に入った。太一の言うとおりにしよう、なにしろこの人は頑固《がんこ》だし、このように説得力もあるのだから。

店は地元で獲《と》れた魚を出す定食屋だった。平日だというのに、観光客でにぎわっている。

太一は目を輝かせてメニューを見る。少々値は張るが、妻は無理をしている、そんな風に太一が察することはない。

奈津子は海鮮丼を注文した。太一は、鉄火丼を注文した。

料理はなかなかこなかった。二人の間に長い沈黙があったが、いつものことだ。普段から会話が少ないが、奈津子は妻として、夫の口数が少ないことについて不満を感じたことがない。奈津子は漠然と、太一の人生が充実していることを知っていた。本人がそんなに充実していると思っているのなら、それを否定する理由もない。たとえ太一の身体がままならず、生活が貧しかったとしても。そしてその充実を完成させるためには、どうやらなにもしゃべらないことが重要らしい。そんな太一を見ていると、傷を治すために薬湯に浸《つ》かる野生動物が、黙って目を閉じているのを連想する。奈津子もまた、彼に話すことはなにもなかった。話し始めたら、今までに起きたあんな生活についてのなにもかもを語ってしまうだろうから。しかし幸い、奈津子の疲労がいつも奈津子を穏やかな沈黙へと誘った。なにかを語るには、奈津子は疲れすぎていた。いつの間にか、泣くことすらしなくなっていた。語らない、泣かない、しかし退屈でもない。否定ばかりのこの有様は一体なんなのだろうとふと思い、きっと疲れるだろうからとその考えを止める。

ようやっと、海鮮丼と鉄火丼がくる。奈津子は太一がマグロの切り身を口にして、ゆっくりと、目を閉じて食べる姿を眺めた。太一は脳の病のせいか、実にゆっくり咀《そ》嚼《しゃく》するので、本当に味わっているように思える。奈津子は母親と弟と行った高級イタリア料理店でのことを思い出す。あれはまだ結婚前、遺族年金ぐらしの母親と、大学を卒業して就職したものの長続きせずふらふらしている弟と、パート働きの奈津子の三人の金銭感覚が麻痺《まひ》していた頃のことだ。カード払いで行った高級イタリア料理店で食べた真鯛のカルパッチョ。あれは偽物だと感じる。緑色のディルと小さなダイヤみたいなキャビアがちりばめられたあの冷たいカルパッチョは、生きた魚をさばいた感じがしないし、味などわからなかった。

「この店は上等じゃないな。あのカルパッチョはひどい」

弟がいつものように、なぜか誇らしそうに文句を言い始める。

「この店はシェフの料理じゃなくて、主婦の料理を出す」

「あんたうまいこと言うわねえ」

うっとりとして母が笑う。こんな弟を上等だと思っているのだ。

その店は弟や母親にとっては十分高級で、料理も悪くなかった。二人もその店以上の料理店を知らないはずだ。ただ、高級な店の悪口を言うことで、自分たちはもっと高級な店を知っている、そのことを誇示したかったのだ。誰に誇示するというのだろう？　それは自分たちだった。自分たちは一流の人間で、一流の店を知っている。そう自分たちに言い聞かせる。自分で自分を騙《だま》す詐欺師《さぎし》だった。そして二人は話し続ける。有名シェフのレストランについて、会員制のバーについて。弟の携帯電話には、そんな店の電話番号が山ほど登録されている。弟は母親に電話番号を見せる。二人はその数字を見て、満足して、お腹いっぱいになる。そんな行為を家族以外の誰かにして、軽蔑された、という経験を彼らはしたことがない。なにしろ彼らが社会に属していたのは大昔で、今は友達も、知人すらもいないのだ。だから、彼らは彼らの世界で、彼らの世界の価値観で、自分たちを特別であると結論づける。

奈津子はどうせ食べきれないので、自分の刺身を太一にやった。太一はいつも当然のこととして受けとった。太一はなんでもがつがつとよく食べる。そのことを母と弟は卑《いや》しいだとか、下品だとか言った。二人はいつも太一のことを悪く言った。

現在の児童館の前、奈津子は区役所でパート働きをしていた。区役所でやっている不登校児のサークルの会報をひたすらホチキスで留める、そういう仕事だった。奈津子はスチュワーデスではなく、子供の頃願っていた手作業をするという職業につき、夢がかなったというわけだ。会報を作り、紙の束を奈津子に渡す区の職員、それが太一だった。

知り合って三ヶ月後、太一は一目ぼれしたと言って奈津子に結婚の申し込みをした。奈津子は太一を自分の家へ連れて行った。仕方のないことだった。

あらかじめ、連れて行くと言ったが、母親は太一に水一杯出さなかった。

「あなたが奈津子の彼氏？」

母親は疑うような目つきで太一を見た。弟は座りもせず腕を組んで、座っている太一を見下ろした。

「はい、そうです」

太一はにこにこして、カバンからペットボトルの麦茶を出して飲んだ。

「区の職員ですって？」

「はい」

「区の職員」

母親はため息をついた。

太一はまず自己紹介を始めた。自分が北海道の海沿い出身であること、そこは自然の多い、素晴らしい所であること、しかし自分は泳げないこと。その時、奈津子は笑った。笑ったのは奈津子だけだった。

しばらくして、話すべき無難な話はなにもなくなった。だけど家族は話題を持ちかけることもなく、黙っていた。四人とも黙っていた。

「なにか食べましょう。今日は僕にご馳走《ちそう》させてください」

太一が切り出すと、母親と弟は初めて同意して立ち上がった。

「僕、この辺のお店よく知らないけど」

なにもわかっていない太一は無邪気に奈津子に言う。奈津子は黙っていた。弟はなにも聞かずに、韓国料理店へ入った。

「もう、あの子はなにかというと焼肉っていうんだから。私は懐石料理が食べたい気分なのに」

母親が呟《つぶや》く。

弟は誰よりも早く席につき、メニューを見ると、焼酎《しょうちゅう》を注文した。母親が弟の隣に座ると、弟は母親にメニューを見せた。「母さんも今日は飲んだら？」

「私は弱いのよ」

二人は注文するものを選びながら談笑する。奈津子と太一は選べなかった。

弟が特上カルビとサムゲタンを勝手に注文する。

テーブルにとりあえず肉が並ぶと、

「食べようぜ。こんなの滅多に食えないんだから」

「あなたはいつも焼肉食べているじゃないの」

「特上はあまり食べないよ。それぐらいの経済観念がなくてどうするんだよ」

弟と母親は太一に話しかけない。見もしない。太一は薄い牛タンを口にしながらただ家族を見ていた。奈津子はなにも食べずにコーラばかり飲んでいた。

「母さん、チャプチェを食えよ。俺はいつもこれを食うんだ」

弟が得意になって言う。

食事はなかなか終わらなかった。弟が酒を飲み続けたからだ。

「すいませんけど、僕、もう電車がなくなるので、失礼します。さようなら」

太一が申し訳なさそうに数枚の紙幣《しへい》を置いて帰っていった。楽しかったです、小さな声で呟いたが、母親はこれも無視した。

家へ帰るとさっそく家族会議が始まった。

「あの男、給料はいくらもらっているの?」

母が尋ねる。

「知らない」

ありえない、と母が首を横に振る。

「給料のわからない男とよく結婚しようって思うわねえ。指輪を見せて。まさかもらっていないわけじゃないでしょう?」

奈津子が指輪をはずして見せる。

「小さなダイヤ。可哀想に」

「問題は大きさじゃないよ、センスだ」

弟が酒で渇いた喉《のど》を水で潤《うるお》しながら言う。

「ハリー・ウィンストンのデザインじゃないとすぐにわかるところが恥ずかしい」

母親が然り、と頷く。奈津子は裁かれているような気分になる。

「そんなことより、あいつどこの大学出てるんだよ。政治の話も、芸術の話も一切しないじゃないか」

「札幌の大学だったと思う」

「俺は自分と対等に議論できる兄貴じゃないと嫌だなあ」

母親は父親が亡くなった時から奈津子が連れてくる男に期待していたのだろう。弟もそうなのだ。母親と弟は太一から全てをせしめてしまうだろう。金だけではない。誇りも、全て。太一は全てを失うだろう。彼女たちは自分たちはなにもしなくても与えられる側の人間だと思っている。なんの根拠もなくそう思っているのだ。母親にとって、男というのは搾取《さくしゅ》の対象でしかないのだから。母は、女であるというだけで、男に対してそういう態度をとってもいいと思っている。幼い頃から繰り返し奈津子にこう言った。――いい？　あなたが大きくなって、彼氏ができたら、その人はきっとお城みたいなフランス料理のお店へ連れて行ってくれるわ。そして料理がきたら、まず先にあなたが食べるの。彼はしばらく食べないで、あなたが食べるのを見てると思うわよ。かわいいなあって。男の人はね、食事に行くと、女の人が食べているのを見て、それでお金を払うの。それが恋なの。だからきっと楽しいわ。

だから、楽しい。母は確かにそう言った。そのことのなにが、だから、なのか、奈津子にはまったくわからない。とにかく奈津子は太一と結婚したかった。おそらく太一は、母親が言う恋人像とはかけ離れているだろうと思ったのだ。家族という殻《から》に穴を開けて、風を入れる、そんな存在を漠然とだが、探していたのだ。これは、奈津子がこの家族と暮らしていて初めて持った自我だった。

次の日の昼休み、奈津子と太一は、区役所の食堂で会った。

「昨日、弟さん、だいぶ飲んでたね。大丈夫だった？」

太一が心配そうに言うので、奈津子はただ、そうね、と言った。

「お母さん、あまりしゃべらなかったけど、人見知りなの？　それともなにか失礼なことあった？」

「あなたに失礼なことなんて一つもないわ」奈津子は言った。「うちの家族、ちょっと変わってるのよ。だから、それが嫌なら、結婚してくれなくてもいいの」

「ええ？」

太一はつかんでいたトンカツを箸《はし》からぽろりと落とした。

「結婚するのはなっちゃんとなのに？　そんなのなんか変だよ。なっちゃん昨日、緊張して疲れたんじゃないの？　それより、結婚式のことでも想像してみなよ。なっちゃんきっときれいだろうなあ」

「ごめんなさい」

ありがとうと礼を言うべきなのに、奈津子はなぜか詫《わ》びた。

奈津子と太一は予定通り結婚した。太一はこの家族のなににも気づいていないかのように、嫌悪さえしていないかのように。なにも。きっと多少の違和感は覚えているに違いない。しかし、太一には永遠にその正体はつかめないだろう。

太一が奈津子の残した海鮮丼も食べ終えると、奈津子はもう一度時計を見た。これぐらいなら予定内と言えるだろう。もうすぐシャトルバスの時間だと、太一をせかし、店を出る。

停留所まであと少しというところで、石畳《いしだたみ》に杖をとられたのか、太一がよろけて転んだ。奈津子が杖だけを拾って、太一を見下ろしていると、通りがかった五、六人の人々が太一を囲み、立たせる。太一が恥ずかしそうに照れ笑いをして皆に礼を言う。がらんとしたシャトルバスにようやく乗り込むと、太一は「親切だなあ」と先ほどの人たちに手を振った。

じゃあ私の家族は？　お世辞にも親切とは言えない、あの家族のことは、どう思っているのだろう。旅のせいか、家族から離れたせいか、奈津子は、ふと、いままで決して二人の間で語られなかったそんなことを口にしてみたくなる。弟の借金で母親がとうとうマンションを手放さなければならなくなった日のことを奈津子は鮮明に覚えている。もうとっくに太一は働けなくなっていた。夫婦は太一の年金と奈津子のパート代で、小さなアパートに暮らしていた。だけど、急に呼び出されたのだ。母親の爆発した不満を受け止める、その生贄《いけにえ》として、腹いせとして。あんたの旦那《だんな》のせいよ！奈津子と太一がマンションを訪れるや否や、母親は絶叫した。あんたが二束三文にもならない旦那を持たなければこんなことにならなかったんだからね！　娘が金持ちと結婚して、新しい家でも建てると思っていたのだろう。そのことに今まで、寸分の疑いもなかったのだろう。太一は、居間のフローリングの上で正座をして、下を向いてうなだれていた。それなのに、どうしてなにも言わなかったのだろう。奈津子は思う。太一は人に好かれる。障害者になってから特にそうなった。どこで転んでも助けられ、パトカーに送られて家まで帰って来たこともある。あいつはしたたかで図々しい奴だ。弟は憎たらしそうにそう言った。人生でこんなにも理不尽に嫌われ、そして愛されることがあるだろうか。少々の理不尽は誰にでもあるだろう。だけど、こんなに理不尽を体験したまま、淡々と、生きていられるものだろうか。

バスは、山の急勾配《きゅうこうばい》を登り始めた。小さな宿屋の間を抜け、山の中腹のホテル群を過ぎると、下に海岸が見える。この辺りだろうと奈津子は記憶していたが、バスは止まる気配もない。左右に揺れるたび、夫婦も左右に揺れた。やがて、山の頂《いただき》のなにもないところへ運ばれて、一方通行のトンネルをくぐると、ホテルに到着したようだった。

バスを降りるとすぐに、ホテルの横にあったバラ園が閉園になっていることに気づいた。母親の少女趣味を満足させていたピンク色の楽園は、今や枯れ草に覆《おお》われ、立ち入り禁止だ。

「空気のいいところだなあ。緑も多いし」

太一はのんびりと辺りを見回す。

ホテルは、随分老朽化していた。自動ドアのドア枠はさび付いており、ガラスの色も淡いブルーで、このブルーには、奈津子が八歳だった当時はなにも感じなかったが、今となっては、いかにも一昔前のセンスの自動ドアという感じだった。活気があったロビーも時季のせいなのか、人は少なく、古いグランドピアノだけがただ放置されていた。

フロントで奈津子が手続きを済ませると、太一がいつの間にか車椅子に乗っている。ホテルの人が用意してくれたようだ。太一は恐縮することもなく、ゆったりと背もたれに身を沈めていた。本当に、太一が荷物として運ばれてきたかのようだった。自分は荷物という扱いでかまわない、と思っているようでもあった。夫婦は窓際のソファに案内されたので、奈津子はゆっくりと車椅子を押した。太一はまた礼も言わなかった。

夫婦が腰を下ろすと、日本人離れした浅黒い肌の、すらりとした長い脚の美人が、パイナップルジュースを持ってきた。ウェルカムドリンクだと言う。以前のウェルカムドリンクは、コーヒー、アイスコーヒー、紅茶、アイスティーも飲めたはずだ。太一は待ってましたとばかりに飲み干す。

奈津子は絨毯を見る。絨毯だけが、相変わらず、赤く圧迫感があり、記憶のままだ。

さあ、好きなものを飲んで。八歳の頃来た時に、母親がそう言ったのを覚えている。まるで自分が提供しているかのように。このホテルはね、なんでも、タダで、何回もお茶が飲めるのよ。ウェルカムドリンクなど、そんなに何杯も飲めるものではないのだから、ただそのサービスに満足していただけなのだろう。

タダで、何回も。そうだモナコへ行ける大金持ちもそう言っていた。昔の母親にとってもそれは当然の待遇だったのだ。タダで、何回も。銀の盆の上に、いくつものグラスを載せた、蝶ネクタイ姿の長身の男たち。真紅の絨毯に、母親のハイヒールが沈んでいた。夕方になるまでに温水プールに入ってしまわなければね。ああ、むしろ夕食が終わってからでもいいかもしれないわね。ここのプールは、夜になると、ライトアップされるもの。のりのきいたシャツを纏《まと》った男が、葉巻を片手に談笑《ついしょう》していた。彼らはホテルの支配人と顔見知りらしい。きっと、このホテルに金を費やし、しばしばここを訪れては一番高級な部屋に泊まるという会員なのだ。ウェルカムドリンクがテーブルに置かれても、彼らは、談笑を続けていた。母親は自分も会員になった気分でいるに違いない。母親は自分を騙すことができるのだから。自分がなにも見えていないのだから。

お母さんが小さくて、あなたのおじいさんと来た時はね、おじいさんは会員で、私たち家族はスイートルームに泊まったの。最高だったわ。あの日、母親はいつもより饒舌《じょうぜつ》だった。

祖父はさぞ夏休みを謳歌《おうか》したに違いない。彼は暑い夏が好きだった。死ぬなら暖かいところがいい、そう言って、戦地まで南国を望んだ男だ。だが祖父はマラリアにかかったが生還し、帰国してから小さな店の社長になり、一財産を築いた。そんな頼もしい祖父が、母にはさぞ自慢だったに違いない。晩年は肺気腫《はいきしゅ》になり、呆気なく死んでしまった。肉体は痩せ細って蝿《はえ》すらも止まらないという感じだった。彼は消えた。母親に遺産も残さずに、消滅してしまったのだ。

食事の場所の説明を受けて、パンフレットをもらう。見ると十五階にサロンがある。あのサロンだ。奈津子の頭の中に八ミリの映像が再現される。くるりと一回転して、スカートの裾《すそ》を広げるという遊びを繰り返していた母親。

太一と泊まる部屋は七階だった。古いがどうやら清潔らしいベッドが二つあった。幼い母親がぴょんぴょんと八ミリの中で飛び跳ねていた、スイートルームのベッドとは比べようがなかった。太一は、なんとかベッドに横たわると、ベッドって腰が痛くなくていいやと笑った。奈津子はトイレを覗《のぞ》いた。やはり古いトイレだったが臭う、という感じでもない。風呂は狭かったが、どうせ大浴場に入るのだから関係ない。

とにかくこのホテルは五千円の保養所に落ちぶれたのだ。

静かだった。なにかが視界の隅で動く気配がして、振り返ると、コートも脱がずにベッドの上に寝ていた太一が、立ち上がれずに座ったままごろんと前向きに倒れたところだった。ベッドの上でバランスを取って座ることに慣れていないらしい。ベルトを嫌う彼は、常にズボンとパンツを下げているので、尻の割れ目が見えた。奈津子は太一を起き上がらせて、コートを脱がした。

窓に近づくと、眼下にうすら寒い海が広がっていた。静かで、波が砕ける音がよく聞こえる。窓に鳩の糞《ふん》がついているが、どうでもいい。五千円の部屋なのだ。

「十五階のサロンに行きたい」

と言うと、太一は黙って頷いた。

車椅子に太一を乗せて、十五階へとエレベーターで昇る。

サロンには誰もいなかった。広間の中央には見事になにもない。奥に舞台があり、そこにはパーカッションやキーボードがある。床は未だにワックスで水鏡のようによく磨かれているが、使われている感じがしない。この床をかつてどれほどのハイヒールが踏んだのだろう。どれほどのステップが踏まれただろう。膝《ひざ》を曲げて挨拶《あいさつ》をする、ドレスを着た祖母と、手を取るタキシード姿の祖父。会員である母たちの家族には、子供たちの世話係がついていて、彼が八ミリを映したと母は言っていた。八ミリの中には、リボンを胸につけた、裾の大きく広がったドレスを着た幼い母が誇らしそうにダンスを見ている。それから半ズボンの母の兄、セーラー服のような出で立ちの母の妹。革のソファでダンスを観覧する母の兄はふてぶてしくも、シャンパングラスを持っている。そして、それを飲みたがって、グラスを奪おうとする母。二人のやりとりは、驚くべきことなのだが、モノクロの世界の中で、無言で、淡々と行われている。特別な日だから、俺の大好きな夏だから。祖父はああいう性格の人だ、子供に酒を飲ませることもしただろう。そして、母はきっと、それを名誉なことだと思っていたに違いない。自分は特別だと思っていた幼い母。選ばれた方の人間だと思っていた母。眩暈《めまい》がする。奈津子の心は嫌悪感でざわついた。それが喧噪《けんそう》になりかけたその時、奈津子の視界をゴム製の丸い輪が横切った。

床にはくっきりと、車輪が映っていた。実に無機的な車輪が。ハイヒールではなく、太一の、夫の車椅子だった。

「ここ、なにもないね」

太一が車椅子から奈津子を見上げて言った。

そう。このサロンにはなにもない。見事になにもないのだ。あるのは喪失だけだ。母親が持っていたあらゆる快楽の喪失。

温泉に入りたいなあ。車椅子を押してやると、太一は無邪気にそう言った。温泉を楽しみにしていたんだあ、温泉と、あと、夜ご飯もね。彼はなにかを失うという癒しがたい経験をしたことがないのだろうか。

車輪が、湖面のような床の上にまっすぐ跡をつけていった。

一階の大浴場まで奈津子は車椅子を押していった。自分は風呂に入らないでここで待っているから入ってきていい、と、太一を、男湯の近くまで連れて行った。すると、ここから先は、あそこにいるホテルの人がやってくれるから、なっちゃん男湯覗いちゃ駄目だよ、と彼は言った。太一は奈津子が風呂に入らないことに、なんの疑問も、気遣いもない。いつもそうだ。

体を支えてもらいながら、太一は男風呂の方に進む。奈津子は大浴場の前のソファに腰掛けて、ぐったりとした。母の、別の人の過去を直視しすぎたせいなのだろうか。だが、孤独になった瞬間、その疲労と矛盾した快楽が奈津子を襲う。

ぱたぱたという太一のぎこちない足音が次第に遠くなる。奈津子はしばらくその遠くなる足音に耳を傾ける。やがてその音が消えると、波の音が聞こえてきた。ずっと通奏低音のように流れていたはずの波音が、太一が遠ざかるにつれて、大きくなり、静かに忍び寄る。歩く程度の早さで、しかし確実に。なにかひらひらとしたきれのようなものがはためく音さえ聞こえてくる。奈津子はそこでようやく気づく。暗がりに無数のドレスがあることに。

奈津子は立ち上がると衝立《ついた》てに近づいた。その向こうには夥《おびただ》しい数のドレスがかけられている。ポスターを見ると、これを着てサロンでダンスができると書いてある。しかしそこにも誰もいない。写真を撮るスクリーンの前に立つ婦人は存在せず、鏡にはなにもうつされていない。ドレスだけが埃《ほこり》をかぶって、臭いさえ放っているようだ。八ミリフィルムの中の祖母が着たドレスも、ここで借りたものなのだろうか。モノクロの映像の女たちのドレスだけが色を得て、芳香を漂わせ始める。ドレスに付いているクリスタルが、一つ一つ、硬く、冷たく、輝きを取り戻す。過去がまた、現実に忍び寄る。

奈津子はぼんやりと思い出した。このドレスの流行遅れと色とりどりの感じは、安っぽいキャバクラを思い出させる。就職した弟が初めてクレジットカードを作り、有頂天《ちょうてん》になっていた時のことだ。弟はキャバクラが好きだった。街で遊ぼう、と彼が言うと、それはもう地元のキャバクラで飲む、ということなのだった。

夜中になって、母が眠ってしまうと、その発作は始まる。「無性《むしょう》に喉が渇いた、渇いて死にそうだ」と弟が言う。「ビールでも買って飲めば」と奈津子が言う。「駄目だ。金がない。カードを使うしかない」。そうなったらもう誰も彼を止められない。タクシーに乗り込み、地元の中心街に繰り出す。奈津子に選ぶことができる道は、一つしかない。

その渇きは、なにを飲んでも癒されない。奈津子はそう、弟に言ってあげるべきだったのかもしれない。

夜遊びへ行くとなると、弟は奈津子を飾りたてることに夢中になる。タンスには、弟が奈津子にカード払いで買った洋服がたくさん入っている。弟に手を引かれてデパートへ行き、弟が選び、奈津子に何度も試着させて、買った服だ。奈津子が着替えると、弟は奈津子を鏡台の前に座らせて、髪をとかし、奈津子の首筋に高級ブランドの香水を吹き付ける。そして、彼は言うのだ。お前さあ、女っていうのは、それなりにしていれば、みんながちやほやしてくれるのに、運が良ければずっと大切にだってされるかもしれないのに、お前はそれなりにすらしないじゃないか。どうしてなんだ？毎日、こうやって、丁寧に髪をとかす、ただそれだけでいいのに。姉をいたわるように彼は言う。

二人で飲み屋の密集する小路へ入っていき、五、六人の黒服を集める。無数のネオンに心をかき乱されて、奈津子は頭がおかしくなりそうになる。値段の交渉を済ませると、黒服の一人が大抵は雑居ビルの三階か、四階に連れていく。当時、火事が起きて、非常口がふさがれていて、何人ものホステスと男たちが死んでいった、そういう場所だ。

二人はある店に入る。そこには赤、ピンク、紫、金、さまざまな衣をまとった女たちがいる。女たちの闘争心の炎の色。男と女互いの下心で引き立つドレス。二人が腰を下ろすと、女たちが隣に座る。お客様という扱いを受けた瞬間、弟の姉に対する態度は豹変《ひょうへん》する。奈津子のバッグを奪い取って、封筒に入っている奈津子の一ヶ月分のパート代を抜き取ると、その紙幣を全てイタリア製の自分の財布に押し込む。するとたちまち弟は饒舌になれる。ボーイの男を呼びつけ、クレームをつける。どんな状況であっても。この店はうるさすぎる、といって、怒鳴り散らす。そしてなぜか、女たちの前で奈津子を罵倒《ばとう》し始める。

「この女は、すげえ馬鹿なんだ。大馬鹿者なんだ。本当だぜ」

二人の女は笑う。接客のプロである彼女たちは、この意味不明の罵倒にも、少しも驚くことなく、落ち着き払った笑みを見せる。きっと、アルコールで頭がおかしくなった男たちをたくさん知っているに違いない。

「それにこの女、女が好きなんだ。きっとやったこともあると思うぜ。そうじゃなきゃあ、こんなところにのこのこついてこないだろ？　なあ？　みんなそう思うだろ？」

奈津子は反論しない。黙って水を飲む。もうすっかり慣れてしまい、怒りも興奮もなく、だるさや眠気すら覚える。

奈津子はあくびをかみ殺す。

「寝るな！　寝るんじゃねえ！　夜はこれからだ」

弟は奈津子を平手打ちする。奈津子はされるままにしておく。

ホステスたちは、平静を装う。

まあ、確かに女性はあんまり来ませんね。一人がタイミングよく弟に同意する。

「だろ？　そう思うだろ？　女は普通、どういうところへ行くのか、教えてやってくれよ」

そうですね、ホストクラブでしょうか。あの儲《もう》かっている占い師の方なんて、通いつめているらしいですよ。

「へーえ。あのテレビに出ている占い師？　ホストに貢《みつ》いでいやがるのか」

テレビの向こう側の人物が話題に上って、弟の興味がやっとホステスへ向く。そうでもしないと、弟の興味は奈津子から離れないのだ。

帰ってくると、服を着たまま奈津子は眠る。

やがて弟はカードを作ってから二年ほどで多額の借金を作った。「督促《とくそく》、督促で気が変になりそうだ」。弟は母親に泣きついた。他に手がなく、母親はマンションを手放して返済した。

返済して片がつくと、弟はその時期のことを「俺の狂気の時代」と名づけた。どうせなら、偉大なる、とでも、つければいい、黄金時代とでも言えばいい。なんでもいい、どうでもいい、と奈津子は思った。疲れていたのだ。フランスの詩人が、アブサンを飲んでいた頃のように彼は言う。本当はアルコール依存症の、今や無職の男で、飲んでいたものも安酒で、場所も地元なのに。

いたたまれなくなった奈津子はドレスが置かれた暗がりを後にした。もうすっかり色あせて、悪臭を放つそのドレスから逃れるように。

そういえばある時母親はしきりに言っていた。「八ミリフィルムをカラーにしたいの。八ミリって動きもなんかぎこちないでしょう？　本当はあれも気に入らないわ。もっと、目の前で本当に起こっているみたいにしたいわ。それを兄さん夫婦と、妹夫婦とみんなで見るの。あのホテルで上映会をして、フルコースを食べながら、その時の話をするのよ」と。「おじいさんと、私たち家族があのホテルの一番高い部屋、スイートルームに泊まった時の思い出の八ミリをカラーにしたいの。大きなリビングから順番に、あなたのおばあさんがカメラを持って紹介して、外国みたいな大きなバスタブと、トイレ。汚れ一つないグラスがたくさん並べてあるカウンターと、そこにおしみなく置いてあるフルーツ。そうやって紹介していくうちに、カメラを私たち兄妹が追い越して行って、一番奥の部屋にある大きなベッドに駆け寄っていったでしょう？　あの大きなベッドで、みんながぴょんぴょんジャンプしたのを、兄さんと妹で、みんなで見て、またあの時の話をするのよ」。母親は過去のものが現在になるとでも思っていたのだろうか。

奈津子は間近に迫る海を見る。窓を開けないでください、と注意書きがある。この海も、夏の昼下がりは真っ青でさぞ美しいものだったに違いない。だがまだそら寒い、初春の夜には、黒い波と白い泡が目立つばかりだ。そうだ、この泡は、太一が発作を起こした時に、見せた泡に似ている。

太一の発作は奈津子にとって、人生の痙攣《けいれん》ともいっていい出来事だった。この出来事はまるでその瞬間を周到に狙っていたかのように訪れた。どうせ働いても家族に全て奪われてしまうのだから、働けないほうがいい、奈津子はそう思っていたのだ。

太一の手術は、脳に電極を埋め込む、という大掛かりなものだった。当時の太一は、四肢や舌の震えが止まらない症状があった。その震えが、脳に電気を流すと治まるのだと医者は説明した。

まず、どんな手術か説明を受けた。全身麻酔を伴うため、人によっては手術を選択しないケースもある、ということだった。どんな幸運でも、太一を失っては元も子もない。奈津子は身構えた。

夫婦はビデオを見せられた。患者は太一ほど震えがひどくなく、全身麻酔はしていなかった。それでも十分壮絶な手術だった。頭部が切り開かれ、脳がむきだしになった患者が映っている。やがて電極を埋め終えられた患者が「神経」という文字を書く。止まらなかったはずの手の震えが納まり、字が鮮明になる。

手術に伴う危険はいかにも大きそうで、奈津子は時間がほしいと思った。だが医者は手術の希望者は多いが、たまたま次の週にキャンセルをした人がいるから、早く決断してほしいと言う。それを断ったら、五年後になってしまう、と。

その時、太一がぽつりと言った。しゅじゅつします、と。僕は、しゅじゅつを、します、と。震える舌で。ねえ、全身麻酔をして、脳に電極を埋め込むんだから、もう少し、よく考えてみましょうよ、奈津子はなだめた。しかし太一は、再び、しゅじゅつ、します、と言った。体は弱くても、心は強固だった。

波が砕ける音が聞こえる。それは、何度も繰り返され、そのたびに、大きくなっていくかのようだ。最初に裕福だった祖父が死んだ。次に、父親が謎の脳の病で死んだ。その辺りからだ、最初に疲労が家族を襲い、やがてそれが貧困になり、最後には家族の心の成長が止まったのは。少しずつ。波が寄せるような速さで。奈津子は思った。

自分のあんな生活について直視することができれば、きっと涙の一つも出てくるのだろう。そうすれば、将来や家族についてすっかり諦《あきら》めていた自分も泣いたりできるのかもしれない。少なくとも自分だけでも自分のことを涙に値すると思いたいではないか。やがてその情動がシンバルほどの音になり、奈津子が耳を閉じた瞬間、奈津子の名を呼ぶ声が聞こえた。湯気で饅頭《まんじゅう》のようになった夫がふらふらと出てきた。奈津子は現実の世界を取り戻したように、太一を支えるために前に出た。

夫をあわただしく部屋へ連れて帰ると、部屋の電話がコールされた。夕食の時間なのだ。夕食には、和食、洋食、ビュッフェとあったが、太一は迷わずビュッフェを選んでいた。

暖かい明かりの灯《とも》った食堂へつくと、ウェイターが車椅子を奈津子に代わって押す。この食堂ばかりは新たに手を入れたらしい。奈津子はなぜか安堵《あんど》した。入口からテーブルの間にスロープがあり、車椅子の行き来には困らない。

太一は杖をつきながら、誰の力も借りずに料理を取りに行く。彼はいつもそうだ。なんでも自分でやる。これからもそうするだろう。会場にはポスターが貼ってあり、「北海道フェア」と書いてある。北海道生まれの太一が観光地で地元のものを食べるのかと思う。彼は実に楽しそうに、石狩鍋を、サーモンのカルパッチョを、いくら丼を何度も往復して運ぶ。彼はある意味、食に頓着《とんちゃく》しない。

ポスターには美しい紫色のラベンダー畑が広がっている。北海道とはどういうところなのだろう。奈津子は行ったことがない。根拠もなく、太一の実家を田舎者と見なして軽蔑していた母が、結納も、披露宴も全部自分で決めてしまったので、向こうの両親とはゆっくり話をしたことがない。太一が病気になってしまってから、ますます北海道は遠くなった。恐ろしく遠い気がする。そこには、なにがあるのだろう。奈津子は行ってみたいような気がする。

「どうしたの？　食欲ないの？」

太一は心配そうに尋ねる。モッツァレラチーズを取ったまま、奈津子はそれに手もつけていなかった。波の音が聞こえている。涙が、感情の波が、通奏低音としていつも控えている。ざわざわとしている。奈津子の心の中に海があり、それはいつも波打っている。奈津子は太一の顔を見る。あごに傷がある。おそらく風呂場で髭《ひげ》を剃《そ》って切ったのだ。

奈津子は考える。しみ一つないテーブルクロスのことを。それは血の一滴もなく、どこまでも、白く、広がっていた。清潔といえば言葉がいい。だけど、血のしみの一滴もないのは、不自然で、不健全なことだ。あのレストラン、有名ホテルの、最上階の、フレンチレストラン、あのテーブルクロス。

　結婚してからも、二人のアパートには頻繁《ひんぱん》に、弟から電話がかかってきた。大事な話があるから今すぐに来い。こういうことはもう何回もあった。奈津子はいつも抵抗できない。――あのホテル、最上階のフレンチを予約したんだ。なにしろ大事な話だからな。これは口実で、本当は食事をしたいだけなのだ。またカードを使うか、母親がいつもお金を入れている引き出しから盗むかしたのだろう。ドレスコードがあるからちゃんとしてこいよ。弟は覚えたてのその言葉を使った。奈津子はいつものように、正装して、口紅を塗る。

　二人はホテルのロビーで待ち合わせをして闊歩《かっぽ》する。まるで恋人同士のように。そして高価なシャンパンを飲まなければならない。

　弟はシャンパンを飲み干す。そして言う。ああ、なんて旨《うま》いんだ。俺は高級なものを食べている時が一番幸せなんだ、生きている心地がするんだ。弟は自分を生きていると思っている。そしていつもの話が始まる。おいお前、いつになったらあいつと離婚するんだよ。お前はなにもわかっていない。お前、ただ寂しいだけなんだよ。本当はあんな男、好きじゃないんだよ。だってそうだろう？　働きもしない、家でなにもしない。そんな男をどうして好きになれるっていうんだ。――なにもしていない男でも死んでいるよりはましだ。弟は太一の生に嫉妬しているのだ――俺たちのためになにもしない男を、どういう理屈で好きになれるっていうんだ。

そして思いついたように弟は、これの食べ方を教えてやるよ、と言う。白いテーブルクロスの上には、舌平目のムニエルがある。弟は驚くほど器用にそれをさばく。弟はやけに社交的に振舞う。ギャルソンを呼び出して、この後、鹿がくるんですよね、と言う。やはりこの季節は鹿がおいしいですよね、と。

このぐらいはたしなみなんだ、わかるか？　お前は常識に欠けるところがあるからな、気をつけろよ、と弟は奈津子を指差す。

酔いが回ってくると、うんざりして嘔吐《おうと》したくなる話がはじまる。

俺、フランスに留学するんだ。フランスへ行って、ソルボンヌに入るんだ。

その前はハーバードだった。留学の話が始まったら、奈津子はもううつむくしかない。それは奈津子にとっては拷問《ごうもん》だからだ。哲学をやりたい、経済をやりたい、芸術をやりたい。不協和音のような支離滅裂な妄想が奏でられる。奈津子は、テーブルクロスの上のナイフを見る。今、このナイフでどこか血がよく出るところを少し切ってみたいと思う。この白い不健全なテーブルクロスが、自分の血液で汚れたら、弟はどれだけ怒るだろう。自分の純白の誇りが傷つけられたと思うだろう。だけど奈津子には、一生実行できないだろう。早く帰りたい、早く帰って、いつものように太一が尊敬している北海道出身のロック歌手が出る番組を見たい。それを見るいつもの太一と、さらにその太一を見て、呆れながらも満足するいつもの自分に戻りたい。

母はよく言っていた。あんたは本当に可哀想に。夫の代わりにあんな地味な職場でひたすら働いて、本当に不憫《ふびん》でならないわ。本当に可哀想なのは、この舌平目のムニエルを食べている、この瞬間なのに。自分とは無縁の華やかな世界が、もう一度戻ってくる、そんな勘違いした人間と二人で過ごす数時間。この時間なのに。奈津子は以前、役所の同僚にも言われた。大変な仕事よねえ、私、疲れちゃう、それなのに、奈津子ちゃんは、文句も言わずに黙々とこなして、退屈じゃない？　辛くない？　きっと彼女は本当の拷問がどういうものなのか知らないに違いない。本当に辛いのは、死んだのに、成仏《じょうぶつ》できない幽霊たちと過ごすことだ。もうとっくに、希望も未来もないのに、そのことに気づかない人たちと長い時間過ごすということなのだ。

だから、物心つく頃には、すでに奈津子の希望と欲望は薄れていた。普通の女の子みたいに、アイドルになりたいとも思わなかった。母親みたいに、スチュワーデスになりたいとも思わなかった。母親がそれを言っても、奈津子は自分に華々しい将来があるなどと、とても考えられなかった。奈津子はすっかりあきらめていた。なにもかもあきらめていた。そして自分の身に起こる、理不尽や不公平、不幸について、なぜそんな目に自分が遭わなければならないのか、よく考えることもしなかった。なるべく見ないようにして生きた。それは直視しがたいことであり、もし見てしまったら、血すらも流れない、不健全な、致死の傷を負うことになると知っていたからだ。母親と弟だけが、良かった時代の思い出に浸って、夢を見て夢を語った。奈津子のできることは、ただ耳を塞《ふさ》ぐことだけで、うるさいと抗議することではなかった。抗議したら、正論を言ったら、二人は崩壊してしまうだろう。そして弟はいつも言うのだ。放っておけよ、いかれているのは、あいつの方なんだから、あいつは、ただ俺たちの可能性を根拠もなく否定する奴なんだから、と。だからもう、怒ることすらしなくなった。怒りを感じると、疲れて眠くなった。ただ重い肉体だけが、自身を維持しようとしていた。奈津子は、肉体がなぜそうしているのか、こんな生活の中、なぜ生きていこうとしているのか、理解できなかった。死ねば、永遠にこの生活は終わる。騒音も消える。

そんなことを考えている時に、奈津子は太一と出会った。奈津子はなんとなく、太一と結婚してみたくなった。この母親の夢とは程遠い男と私が結婚したら、母親はどれだけ憤慨するだろう。魔がさしたのだ。

　太一を紹介する前に、母親は言った。新婚旅行はモナコにするんでしょう、と。私、モンテカルロがいいわ。自分たちも当然ついてくる気だ。弟ももれなくついてくるだろう。彼らはギャンブルが好きだった。少ないものをなんの苦労もせずに、たくさんのものにすることが。そんな魔法を、信じていた。新婚旅行は結局しなかった。

　だけど、幸運に遭遇するのは、いつも太一だった。脳外科手術の順番が突然、キャンセルで巡ってきたり、奈津子には目もくれない人間が、太一にはなぜか親切にする。これはよくあることだった。病院でもそうだった。「夫は頑固で困るんです」と言うと、医者は笑って、「頑固そうだね」と太一の頭を撫《な》でた。医者は、太一にだけ親切で、奈津子を相手にすると、冷淡な顔になる。「所詮、医者なんて患者の味方なのよ」。母親は不本意でたまらない、といった感じで鼻の穴を大きくした。

　太一の通っている病院は、父親が入院していたのと同じ病院だった。これは偶然でもなんでもなかった。そこには、脳神経外科の専門医がいて、もうお手上げという患者が集められるのだ。

　わけがわからない病気だったの、と母親は言った。痴呆は確かに始まっていたの、これは間違いないわ。あなたの年齢は何年経ってもお父さんの中では九歳のままだった。それなのに、こっそり病院を抜け出して、有効期限切れ寸前のカードで、キャッシングした挙句《あげく》、そのお金でお酒を飲んでいたの。なのにいつも怒られるのは私。こんなことってある?

母親はこの話をする時、哀しい、という顔はしない。悔しい、という顔をする。父親が、あの男が怒られればいいのに、私ではなく、あいつが罰を受ければいいのに、娘に向かってそう言っているように見えた。

母親の話は限りなく愚痴《ぐち》に近づき、愚痴以下になる。

ある時、先生に、お見舞いの回数が少ないって言われたの。あんな遠い病院なのに、もっと通えってあいつは言ったのよ。その上あいつは、私に、この私に、愛人がいるからお見舞いに来れないいんじゃないかって、そう言ったのよ。私トイレで泣いたわ。わあわあ。本当よ。わあわあ泣いたの。

母親は父親が死んで何年経ってもこの話をした。まるでこの話を初めてするかのように。そして、いつもこの話の結末はわあわあ泣く、だった。母親はいつもこの、わあわあ、という表現を使った。奈津子はこの、わあわあ、という言葉を聞くたびに、癇《かん》に障《さわ》るような、生理的に受け入れがたいものを感じて、気がおかしくなりそうになるのだった。この話のもっとも悲惨な部分は、父親の愚かな行動でも、医者のひどい仕打ちでもなく、わあわあ、というなんとも馬鹿みたいに足りない表現にある、と奈津子はいつも思うのだった。奈津子は感じる。母親は、父親も医者も、許せない。自分が受けた仕打ちと不公平が、いかに悲惨で不幸なものか、なんとかして伝えたい。しかしこの悲劇について表現しうる、持っている言葉が、この、わあわあ、なのだった。

この、わあわあ、という言葉を聞くたびに奈津子は思う。この人はどんなに不幸な目に遭っても、変わることはないだろう、と。また別の不幸な目に遭ってもわあわあ泣いた、と言い募るのだろう、と。この人は不憫なぐらい言葉を知らない人間なのだ。このエピソードは永久にわあわあ、で締めくくられ、このエピソードから引き出される教訓はなにもない。そしてさらに悲惨なことは、本人は全くそのことに気づいておらず、もし誰かがそれを指摘したら、認めないか、精神崩壊してしまうかのどちらかだということだ。母親はきっとまだ自分がお姫様にでもなれると思っている。タダで、何回も、の待遇が当たり前の、祖父が生きていた頃の時代がまたやってくると信じている。それが叶《かな》わないと思うと、またわあわあ泣くのだろう。

そして奈津子は思うのだ。自分は母親から離れられないだろう、と。この人は、知恵が足りないし、非力すぎるから、一人では生きていけないだろう。気に入らないことがあると、少女のようにわあわあ泣いて、いつまでも誰かが解決してくれるのを待っているに違いない。その誰かというのはきっと自分なのだ。

弟は、といえば、彼もまた自分を不幸だと思っていた。しかし彼はまた、不幸ゆえ、自分が選ばれた人間であり、人並みはずれた偉業を成し遂げるに違いないと思い込んでいるのだった。

彼にとっての不幸、それは家に金がないということだった。

「家に金さえあれば」いつも彼は言った。「母親が俺を留学させてくれる金があれば、俺はいつだってすごい人間になれる、俺は、チャンスさえあればなんにでもなれる」

彼は興奮していつもそう言った。だが本当に不幸なのは、ぼんやりとしたそのすごい人間、すごい世界、にいつまでも憧れており、そこに存在しない自分が不当で仕方ない、正義でないと思っていることに違いない。

彼は知らない。彼が漠然と考えている、すごい人間、すごい世界は、架空のものであるということを。確かに人生には、波があるのかもしれない。不幸があれば、幸せがあると思うのは健全な発想なのかもしれない。しかし、その波は、彼の満足いく形では訪れないだろう。その満ち潮が寄せた時の幸せというのは、彼の考える、すごい世界とやらの到来ではないのだ。

彼にとっては、存在しないものに憧れる自分は正しくて、それになれないことが不正なのだ。

そしてアルコール漬けになった彼は時折、涙をこぼす。「俺は人のために働きたかったんだ。人に役立つことをしたかったんだ」。彼は本気でそう思っている。自分は本気で人のためになにかしたい、奴隷にでもなりたいと思っている、そう信じているのだ。

「お腹いっぱいだなあ。まだ入るかな」

太一の声に顔を上げると、彼の周りには、たくさんの夕張メロンゼリーが並べられていた。このゼリーはね、すごく有名で、道民はみんな食べるんだよ。こんなに暖かい、赤く熟れたような色に彼は小さい頃から親しんできたのだ。

七階の部屋に戻ると、いつものように太一はすぐにテレビをつけた。それは家でも欠かさず見ている番組で、ホテルにいてもまるで家にいるかのようだった。

「ねえ」

と、奈津子はテレビに目を向けながら言った。

「このホテル、私、前にも来たことあるの」

「そうなんだ」

「私のおじいさんも、幼い母親を連れてここへ来たの」

「ふーん古いんだね」

　コメディアンがとぼける。笑いが起きる。太一も笑った。

「昔はもっと立派だったみたい。五千円なんて値段じゃ泊まれないぐらい。特別な人じゃないと泊まれなかったみたい」

「そう」

「お母さんは、選ばれることが気持ちいいの。多分、弟も」

　奈津子は視線をこっそり太一に移す。太一は見られていることに気づかずに、テレビを見ている。

「二人ともちょっと変わってるもんね」

「そうなの。小さい頃は、お母さんたちの言う良かった頃に戻れると思ってた。だけどこの落ちぶれたホテルに来たら、もう人は、昔に戻れないって知ると思ったから、今までここには来れなかったの」

「じゃあなんで来たの？」

　太一が奈津子に振り向く。

「わからない」

「こうしてるとなんだか落ち着くなあ」

太一は自分の耳の穴に小指を入れると、またテレビの続きに目をやった。そして今の話を忘れたかのように、実に愉快そうに笑った。

テレビの音に包まれて、奈津子は慣れた家で眠るように目を閉じた。


次の日の朝、奈津子は太一より早く目が覚めた。そっとカーテンをめくると、眼下には、硬いセメントのような海がある。この海の向こうをどこまでも北へたどれば、太一の生まれた海沿いの町があるのだろう。だが、目の前にはただ海が広がっている。濃い鉛色、灰色がかった鉛色、白に近い鉛色にも見えるそれは、一つの言葉では決して言い表すことはできない。奈津子は混乱した。自分の過去もこのように、言葉にできないものではないのだろうか。それは奈津子に突然襲い掛かってきた暴力そのものだった。恐怖のあまり、奈津子がぎゅっと目をつぶると、後ろから「朝ご飯食べなきゃ」と伸びをする声が聞こえた。奈津子はゆっくり目を開いた。

朝食を終えると、奈津子は太一を急がせた。部屋に戻って急いで荷物をカバンに詰めて、フロントでチェックアウトを済ませると、シャトルバスが出るまで少し時間ができた。二人は、土産物《みやげもの》コーナーをのぞいてみることにした。

太一は、杖をつきながらハチのようにハーブのポプリの匂いをかいで、歩き回る。これお菓子みたいな匂い、とか、これは紅茶みたい、とか、なぜか浮かれたようにそれぞれの感想を呟くと、この、なっちゃんと同じ、赤ちゃんみたいな匂いが一番いいや、と、十袋ほど購《もと》めた。

「誰に買ったの？」

「整形外科の看護師の吉村さんとか、リハビリの先生の伊藤さんとか」

太一は一人一人の名前を挙げてくれたが、奈津子の知らない名前もあった。ほとんど家にいる太一だったが、彼には彼の世界があるらしい。

二人だけを乗せて、シャトルバスは発進した。ホテルが後ろに遠ざかっていく。過去がもうさんざん噛みつくされたものなのだとしたら、この旅を続ける意味などあるのだろうか。そう思うと奈津子はため息をついた。

「やっぱりなっちゃんと同じ匂いだ」と太一は隣でポプリをかいでいた。

バスを乗り継いで、二人は美術館に向かう。このまま旅を終えたくなくて、せめてもと癒しを求めた。人が美しいというものを奈津子は見てみたくなったのだ。みんなが美しいというものを見れば、自分もそんな気がして、少しは心穏やかになるだろう、とぼんやりと思いついたのだった。太一はといえば、彼は奈津子とただ二人でいれば、それだけで良いというように、この気まぐれについても、何も訊かない。

よろつく太一を支えながら、奈津子が歩いていると、美術館の受付の女性が現れた。太一は、車椅子はありますか？と尋ね、返事を待たずに、貸してください、妻が押していきますから、と決めた。

相変わらず厚かましいと奈津子は思ったが、太一の提案はすんなりと受け入れられた。車椅子に太一がおさまると、奈津子はゆっくりとそれを押した。

最初に見たのは、毛糸の玉のようなオブジェだった。丸く、いかにもあたたかそうだった。こういう丸みやぬくもりを見ると、人は安心するものなのかもしれない、と奈津子は想像してみた。

今度は風景画だった。庭園のような場所らしい。色とりどりの花々や木々が光に照らされていて、芝生の上にはその木々が作った影がある。奈津子は作者と題名、製作年を手がかりに、画家が表現しようとしたことや、その絵が人々の心にもたらすものについて思いを馳せた。

順路の矢印に従って、二人は、次々と絵を見ていく。しばらくして、小さな絵の前にきた。

それは、ある家族の肖像画だった。二人の小さな子供と痩せた父親がいて、太った母親がコップにミルクを注いでいる。奈津子はその光景と対峙《たいじ》した。するとまた、噛みつくしたはずの過去がやってくる。自分の家族と比べて、こんなに平和な家族が本当にあるのだろうかと、奈津子は作品の中の光景を疑う。そして、なにかを食べるという姿が、こんなに慎ましやかであるはずがないと。

――なるべく高い店に行こう。

ある時、男がそう言ったのを奈津子は覚えている。大学卒業後、まだ奈津子が派遣社員をしていた頃のことだ。奈津子は正社員の男にレストランに誘われた。きっと奈津子が地味で大人しい女なので、性的な嫌がらせをしてもなにも言わないと思ったのだろう。奈津子も相手が上司なので断れなかった。やがて男は、しつこく奈津子を誘うようになり、奈津子は会社を辞《や》めざるをえなくなった。

これに気づいたのが母親だった。母親は奈津子に、なぜ仕事を突然やめたのか追及した。母親はなによりも奈津子が働かなくなることを恐れていた。それは、母親と弟が奈津子の収入に依存していたからなのか、それとも奈津子には一社会人でいてほしいという世間体のためなのか、わからない。奈津子は次の仕事を探しているから大丈夫だと説明したが、母親の怒りは収まらなかった。興奮して、母親は奈津子を殴打した。だから奈津子は本当のことを言わざるを得なくなった。殴打をやめてもらうためでなく、母親に怒ることをやめてもらうため、母親の心をどうにか落ち着かせるためだ。とは言うものの、母親はまさか自分の娘が華がない女と見なされているなどとは思いもよらず、娘は自分と同じであまりに魅力的すぎて、性的嫌がらせを受けたのだ、そして、娘ではなく母親、つまり自分が被害者なのだと思い込んだ。

母親はいかにも親身に奈津子の手をぎゅっと握って言った。

「私、そんなひどいことをした人がいるなんて、許せないわ。訴えましょうよ」

奈津子は裁判沙汰になったりするのは、精神的に苦痛だからと、やんわりと断った。するとと母親はいかにも悔しそうに、拳《こぶし》でテーブルを叩いた。

「呆れた。どうしてあなたは私のためになにもしてくれないの？　私はただお金がほしいだけなのに。哀しい。思いやりのない子ね。どうしていつもいつもそんなに親不孝なの？　私を愛してくれてないの？　娘なのに」

これが母親の一番の嫌悪であり、一番の焦燥《しょうそう》なのだ。目の前に一瞬ちらついた金が、雲散霧消《うんさんむしょう》してしまうということ。

「もうやめて！」

奈津子が懇願すると母親は奈津子に平手打ちを食らわした。奈津子は必死で抵抗した。殴打はそれでも止むことはなく、恐怖を感じた奈津子は「私に近づかないで」と、近くにある座布団やティッシュボックスを投げて母親と距離をとった。しかしやがて捕らえられて、二人はしばらく揉みあった。

その時、弟が声を挙げて、窓ガラスを割った。叫び声を挙げて、次々とガラスを割っていく。こうなると、母娘も手がつけられない。奈津子の中で、母親に貪欲であることをなんとか自覚してもらおうという気持ちが、白濁して薄まっていった。

訴訟は奈津子と全く関係ないところで進められた。正社員の男は、自分がなにをしていたかようやく気づいたようで、すぐに金をくれた。だがまだ奈津子のことを愛していて、代理人が法律事務所で、直接本人に現金を渡さないと納得しないと言った。

代理人とは青山の法律事務所で会った。

「こういう形をとらせていただき申し訳ございません。お金が本当に奈津子さんに渡るのか、ということを心配しておりましたので」

代理人が封筒を差し出す。それは、奈津子の目の前を通りすぎ、母親の手に渡り、バッグに入る。弟が母親を睨む。それはお前の金じゃないぞと言いたいのだ。わかりきったことだった。やがて代理人と別れて、母親は酔ったように言う。

「タクシーに乗りましょう」

車は、青山の街を通り、あるビルの前に停まった。全て、弟が運転手に指図したことだ。奈津子はなにも言わない。こうなることはわかっていた。

そこは有名な中華料理店だった。母親は、北京ダックを、海老のチリソースを、おこげを、次々に注文しては、実に旨そうに食べた。弟は紹興酒《しょうこうしゅ》を注文する。家族は無言だった。夢中で食べたのだ。音だけが響いた。それが性的嫌がらせへのパーティーであり、記念日になったということも気づかずに。どのぐらい嫌悪をかきたてる音であったか、ただ、この卑しい音だけが奈津子の頭の中で繰り返され、奈津子の聴覚や神経、精神を刺激したので、このまま意識を失って倒れてしまいたかった。男に性的嫌がらせを受けただけでなく、家族にも再び痛めつけられたのだ。

奈津子はあの男が嫌なのか、それとも弟が紹興酒をすすった時の一瞬が嫌なのか、わからなかった。自分が、なにに傷つけられているのか、自分でもわからなかった。これは、ただ、男の嫌がらせにまつわる一連の出来事として、塊《かたまり》になった。その後も言葉にできない不快な体験は、度々訪れた。そしてその塊のことを奈津子は、あんな生活と呼ぶようになったのだ。

それでも奈津子はあんな生活の只中で、太一という男と出会い、結婚した。奈津子にはわかっていたのだ。冒瀆《ぼうとく》の思い出をまったく無に、消し去ることはできない。だからそれは、他者――男でなくてもよかった――と交わって、薄めることしかできないのだということを。

もしかしたら、太一なら、奈津子が受けた冒瀆について、話したら理解してくれるのかもしれない。話してみたらどうだろう。あの中華料理店で起きた出来事について。食べる姿、飲む姿がどれだけ旺盛で、その時聞いた音がどれだけ不快だったか。こういうことは意外と冷静に、淡々と話した方が、わかってくれるのかもしれない。ひとまず身近なこの夫という存在に話してみたら、わかってくれるのかもしれなかった。

――よくある話だとは思うの、不平一つ言わないで生きていける人がいるってことも。だけど、どうしてなのかよくわからないけど、私には我慢できないことなのよ、と。

だけど、太一はその苦しみの全てを吸収してしまうかもしれない。受け止めてしまうかもしれない。知ってしまうかもしれない。太一は、鼻水をたらして泣くかもしれない。だから奈津子は話さない。そんなありがたいものは、見たくないのだ。あんな生活を潜り抜けてきた自分には、そんな純粋なものは不向きであると思うのだ。

突然、太一がゲップをしたので「どうしたの?」と聞くと、「ビュッフェの朝ご飯、食べすぎちゃった」と言う。ずい分長い間、奈津子は家族の肖像画の前に立ちつくしていたようだった。太一は「車椅子を押して」とせがんだ。

次の絵は、よく熟れたざくろが木のテーブルに置かれていた。この果実の鮮やかな赤さは、生温かくて、自分の心に無神経に触れてくる、と奈津子は苦しく窮屈《きゅうくつ》な気分になった。だが、次に立体形のオブジェのような抽象画を見ると、ああこれは距離のある心地よいものだ、と安らかな気持ちになった。

こうして奈津子は絵の前で、脅《おび》えたり、安堵したりした。安心すると、しばらくそこにいたいと思うのだが、太一は、次に行こうと、車椅子を押してほしいと言う。次はなんだか恐ろしい絵がある。弟のような若い青年を連想させる直線が複雑に交錯している。今度はすぐにでもこの場を去りたいのに、太一はどの絵も同じように、丁寧にながめていく。だけどなにも感想を言わず、「車椅子を押して」と言う。

次に、ある自画像の前に来ると「わあ」と言って、太一は身を乗り出した。奈津子には、自画像というものがわからない。もしかすると、太一は絵を見る目があるのかもしれない。奈津子は、太一が絵が得意であることを知っていた。幼い頃に描いた自作の漫画を大事に持っていたし、美術の授業でのスケッチも、どれもまあ見事だった。そんなことを思い出しながら、太一と黙って自画像を見ていた。そこには色があり、温度があり、動きもあり、ああこれが人なのだ、と感じられた。

「次に行こうよ」と太一に言われて、車椅子を押した。次の絵は、様々な彩《いろど》りの花々が描かれた静物画だった。こういう花々を抱えた女性を見たことがあるが、自分は買ったことがない。おそらくこれも美しいものなのだろうと、奈津子はその絵を見つめた。自分にとってはさほど美しい絵でもないが、きっと他の人にはそうなのだ。そう考えて、自分が感じていることと、他の人が感じていることは違うのだという当たり前のことに、今さらながら思い到る。自分ではない、他の人が美しいというものを見て、癒されようとしていた自分は不自然だ。だけど周りの人がこれを美しいというのなら、それでも構わないと奈津子は思う。自分にとっていいものを今は追求する時ではない。美しいこと、正しいこと、そういうことから少し離れて、休息してみたかった。今までは、そんな不自然な自分に、違和感を覚えながらも立ち止まることはなかった。とはいえ、いつだって矛盾や理不尽について、語れる時を待ってもいたのだった。

奈津子は、しばらく波にもまれるように、心をかき乱しては心を鎮《しず》めた。心を騒がせる不穏なことも、安堵させることも、全ては等しく、各々一枚の絵に収まっていた。それらを太一と一緒に、一つの流れとして見てきたのだ。自分が絵の前を移動するのではなく、絵が、奈津子たちの前を流れているようだった。次の絵、また次の絵。絵が次々とやってきて、奈津子に様々な印象を与えては、あっという間に去って行ったのだ。もう作者も、題名も、製作年も見ていなかった。ただ、次々と、絵が移り変っていくのを見ていくだけだった。最後には、印象が生々しいのは、一瞬だけになった。一つの絵を見て、なんらかの印象を覚えても、やがてそれは過去になる。奈津子は怖くなくなった。解釈の難しい、不気味な、不愉快な絵であると感じることはある。だが奈津子はそれを見ることができた。もちろん、それはただ直視できるというだけで、それ以上の深い意味はなにもわからなかった。だが奈津子は、意味のわからない絵は、見るに耐えないのだという心の状態から抜け出したことに気づいた。今は、意味のわからない絵でも見ることができた。奈津子は、ただ、絵を見ていた。

　もう、奈津子はなにも連想しなかった。なににも脅えなかった。母親にも弟にも、もうなにも感じていなかった。

　奈津子は思い出す。あなたのおじいさんはね、で始まる祖父の英雄伝。母の言葉。

　――あなたのおじいさんはね、私たちを、ハイヤーで、ホテルへ連れて行ってくれたの。

　ホテルに着くと、まず最愛の長女である母親が、スイートルームを点検する。彼女が気に入らないと言うと、またハイヤーに乗り、別のホテルに行く。あの保養所ばかりは気に入ったのだ。ドレスを着て、サロンで踊る祖父と祖母。オーシャンビューのレストランでのフランス料理。シャンソンショー。そのこと一つ一つが、当時の母親を特別にさせる。

奈津子は不思議に思う。自分はあんなに嫌悪していた母親の思い出話を今、こんなふうに、他人のことのように思い描ける。興奮した母の、よく動いている舌が見えてきそうなあの語りが不愉快ではあるが、ただの一枚の肖像、一幅《いっぷく》の絵に収まっている。可哀想な母親を、奈津子はただ鑑賞する。よくある裕福な家庭の一つとして。母親の無意識にある、特別だった頃に対する未練に触れることもなく。すると、案外平凡な、恵まれた家庭の旅行の思い出話だったことに気づく。

やがて母親は、財産を失い、借金返済のために、所有していたマンションを手放して、弟と一緒に郊外に移り住む。都落ちだと噂されていることを知って、自殺未遂騒ぎを起こしたこともあった。一週間入院した後、すぐに退院させられて、近くの精神科に通うことになると、母親は医師にすがりついて、嘘泣きや失語症の演技をして同情を誘い、あわよくば障害者年金をもらおうとした。そこまでするくらいなら、働くほうが楽なのではないかと思うが、彼女にとってはそうではないらしい。母親はどんなこともお金に結びつけようとしたが、たとえお金を手に入れたとしても、きっと弟の飲み代になってしまっただろう。

そんな危惧《きぐ》もせず、母親はけろりとしていた。いつか破産して、無一文になるという危機感もまったくなく、郊外の新しいマンションを好きな白やピンクの淡い色のレースで飾り立てた。母親の小さな、とてもささやかな城。闇すらも漂白した城だ。部屋には、純白のレースの天蓋《てんがい》のベッドがあり、枕は、ハート形でブルーとピンクのマシュマロのようで、まるで枕なのに性別を持っており、恋人同士のようだった。柔らかすぎて、体が沈んでしまうのではないかという大きなベッドで、母親はひたすら一日眠って過ごした。その姿は、まるで大きなバラの花びらの中心にある雌《め》しべそのものだ。

そういえば奈津子の父親も絵が得意だった。

母親がとうとうマンションを手放さなければならない、という時、奈津子は父親の遺品を整理した。母親はあの八ミリと写真は大切にしたが、父親の遺品については全く無頓着で、捨ててもいい、奈津子が欲しいなら勝手に持って行ってもいい、と言い捨てた。

そこで奈津子は初めて父親のことを知った。

遺品を整理するうちに、奈津子は父親の日記を見つける。父親は工業高校の生徒だったらしい。工業高校ならではのカリキュラムは、奈津子にとっては興味深い。母親は、父親について、とにかく病気になる前までは、一流企業のサラリーマンだった、とだけ言った。だから婚約した時、すごく嬉しかったの、と。——ある時、婚約して、私がスチュワーデスも辞めて、なにもしていない時期に、あなたのおばあちゃんとお芝居を見に行ったのよ。本当に、幸せだった。もうなにもしなくてよくて、こういう日が、なにもしないでお芝居を見たりする日がずっと続くんだ、そう考えたら、あったかいお湯に浸かったみたいな気分になったの。幸せだなあって。結婚して、マンションを買って住んで、しばらくはそういう日が続いた。こんなにお給料がもらえるのって、びっくりして、私どんどん貯金したの。そして思ったの。この貯金で、もう一つマンションを買おうって。

要するに母親は思ったのだ。もう一つのマンションを賃貸にして、働かずに一儲けしようと。しかしマンションをもう一つ買うどころか、間もなく父親は病に倒れた。そして唯一のマンションも弟の借金で売る羽目になり、郊外に移り住むことになった。あったかいお湯のような幸せとやらは叶わなかった。

だから母親は父親の遺品はいらないと言う。

遺品の中に絵も見つけた。工業高校時代の作品なのだろう。ゴッホの模写、風景の写生画などがあり、八十点だとか、九十点だとか書いてある。それなりに優秀な生徒だったらしい。

百点のついた絵がある。奈津子は絵を眺める。

時計の中の歯車がかみ合わさったようなものが書いてある、機械のような精妙な抽象画だ。黒、灰色、白。モノトーンのグラデーションで一つ一つの歯車が描いてあり、どの歯車を見ても、どれも同じ色がない。美しい絵かどうかはわからない。ただ、とても精巧で、技術の必要な作品であることはわかる。こういう絵に百点をつけるものなのか、と奈津子は感心する。

それはまるで、父親の脳、一流企業のサラリーマンの脳が、謎の病に侵され、痴呆になってしまったことを予見しているようだ。そしてそれは、こんな人生になるはずではなかった母親の人生でもあり、こんなはずではなかった、祖父から続く一族の末路でもあるように見える。

歯車は壊れて完全に破綻してしまうのではなく、壊れる寸前のところで静止し、モノトーンに色あせ、一枚の紙に収まっている。一秒後、歯がかみ合わなくなり、全ての歯車が外れて崩壊する、その寸前のところで。

奈津子はそれを見ていた。まるで自分には関係のない家族のことのように見ていた。

結局、奈津子は全ての作品を見た。全ての作品を体験したのだ。太一は車椅子と別れるのが残念そうだ。

美術館の出口の直前に、車椅子の返却場所を見つけた。太一は車椅子と別れるのが残念そうだ。

これは自分のためだけの旅だったのだ。そう思うと奈津子は太一に負い目を感じた。

「他に行きたいところはある？」

奈津子は尋ねる。

「海のそばに行こうよ」

太一が誘った。

海沿いの舗装路を風にあおられて歩く。潮の香りがする。

太一は突然、「明日ね、電動車椅子の操縦試験があるんだよ。だから、なるべく車椅子に乗っていたかったんだ」と言った。

「え、そうなの？」

奈津子は太一を支えると、砂浜に降りる。砂に杖を刺すようにして、太一は足どりを確かめながら進んだ。

小さい子供たちが、二人を追い越していく。太一は子供たちを見て、かわいいなあ、と立ち止まった。

「ニッケル電池っていう、すごい馬力の電池がついた車椅子が手に入るんだよ。それが、僕を乗せていってくれるんだ。区の条例で一割負担で買えるんだって。ついてるよねえ」

野良犬が寄ってくる。太一はかがんで、犬を撫でようとする。だが、なかなかかがめない。だから、太一は犬に笑顔を見せた。犬は太一から離れて二人の先を走って行った。

「子供にも、犬にも、追いつけないでしょ？　でも、車椅子があれば違うんだよ」

「私はどうすればいいの？　ついていけばいいの？」

奈津子は今までになく献身的な気分になり、そんなことを言ってみた。

「なっちゃんはなにもしなくていいよ。なっちゃんの荷物だって車椅子で運べるんだよ」

そう言いながらも、太一は奈津子によりかかった。

波が足元に迫ってくる。太一が濡《ぬ》れると思って軽く押すと、太一が転んだ。奈津子は太一に手を貸した。しかし太一は立ち上がらなかった。

「車椅子が来たら、外国にもどこにでも行けるんだ。どこへでも、だよ？」

太一は砂浜に座ったまま、どこへでも、と興奮して手を大きく横に広げた。どこへでも、と太一が言った瞬間、波が砕けた。奈津子は濡れるのもかまわず隣に座った。波の音をもう少し聞いていたくなった。

二人は黙って海を眺めた。いつもの沈黙がそこにあった。

海は常に漂っていて、正体のつかめないもののように思える。

奈津子は、今までずっと不可解だと思っていたことについて考えてみる。太一は、自分の家族から受けた仕打ちについて、突然見舞われた、脳の病について、どうしてなにも語らないのだろう、と。この一連の理不尽と矛盾について、彼はどう思っているのだろう。だが今、旅の終わりに、奈津子はなんとなくわかる気がする。彼はきっとなにも考えていないのだ。晴れの日は服を脱ぎ、雨の日は傘を差す。きっとその程度にしか感じていないのだ。季節が変われば「今日は、いつもよりあったかいや」と呟いたりして、あらゆる猛威を前にして、身をさらし、束の間の休息をとる。そうやって生きてきたのだ。普通の人なら考える。もうたくさんだ、うんざりだ。この不公平は、と。だけど太一は考えない。太一の世界の中に、不公平があるのは当たり前で、太一の世界は、不公平を呑み込んでしまう。たとえそれがまずかろうが毒であろうが。だけど自分は?と奈津子は考える。自分はこの人生、あんな生活に対して、どう付き合っていけばいいのだろう。太一ではない自分は、どうすればいいのだろう。波が押し寄せる。それは永遠に繰り返されるようで恐怖を感じる。その波の正体がわからないからだ。

ぼんやりと海景がにじみ、涙の気配を感じたが、その代わりに奈津子は太一に話しかけた。

「私、小さい頃から海ってなんか怖いと思っていたの。どうしてかしらね」

太一はなにも言わない。

ねえ、と横を向くと、太一は腹を出して大の字になって眠っている。空に向けて腹を見せ、海に向けて股を開き、太一が、波のように、同じリズムで呼吸をしている。

奈津子は、シャツを引っ張って太一の臍《へそ》を隠した。

太一の寝顔を見ながら奈津子は思い返す。自分があんな生活について、理不尽とか、矛盾とかいう言葉を使っていたことを。そんな言い方したって、わからないや、と太一に言われそうだ。

でも以前、太一は言っていた。

——海のことなら、小さい頃から知ってるよ。満ち引きがあるんだ。潮だよ。

きっと太一は海を怖いと思ったことがないに違いない。奈津子は暴力のようにあらゆるものが変化することを恐れる。この海ですらも。だけど太一は、そんなことはないみたいだ。今までもそうだった。きっと彼にとっては、全ては満ち引きなのだ。

この人は特別な人なんだ。特別な人間。奈津子は太一を見て思った。今まで見ることのなかった、生まれて初めて見た、特別な人間。だけどそれは不思議な特別さだった。奈津子はそんな太一の傍にいても、なんの嫉妬も覚えない。そして一方、特別な人間の妻であるという優越感も覚えない。ただとても大切なものを拾ったことだけはわかる。それは一時のあずかりものであり、時がくればまた返すものなのだ。

奈津子には、海を目の前に腹を出して眠る男が、世界という理不尽の大海原を前に眠っている男に見える。

家族に対するある違和感の正体をつかめないまま、脅え続けていた奈津子が、遠くから来た、この男を連れてきたのは、ほんのはずみの出来事だ。奈津子は思っていた。家族の持っている病は、その男にも伝染し、巣食うだろう。可哀想な犠牲者なのだが、自分は生贄を連れてくるために生まれたのだから、仕方がない。この男もやがて奈津子の家族とあんな生活に吸収されてしまうだろう、と。

それは思えば奇妙な、奇跡のような出来事だった。三代にわたたって築き上げられた、傲慢と浪費の茨《いばら》の蔦《つた》が、奈津子に絡《から》まり、奈津子の魂を奪おうとしていた。それが、ある平凡な男の発作により、一掃された。太一は、果たして哀れな男なのであろうか。彼は、発作を起こさなければ、奈津子の家族に身ぐるみはがされる運命にあった。この男は、それを誰も思いつかない形で回避した。そして発作は寸分の間違いもない、絶妙なタイミングで起こったのだ。まるで、初めから、そのタイミングを窺《うかが》っていたかのように。奈津子は、自分が家族から逃げ出すための、アイディアをなにも持ち合わせていなかった。太一はといえば、すべて受け入れるだけのお人よしな男で、たとえ、奈津子の家族に違和感を覚えて、搾取されていると知っても、なけなしのもの全てをあげてしまうだろう。そんな二人に、脳性の発作が起きたのだ。これは、二人の人生そのものの発作でもあったのだ。

風が冷たくなってきた。

奈津子は太一を起こすと、元来た道へと戻った。奈津子は太一が踏みつけてきた足跡を見た。脚を引きずって歩く太一の足跡は、長く伸びていた。

駅前のロータリーに戻る。

ねえ、足湯に入ってみたら？　冷えたでしょう？　奈津子は言う。足湯ってなに？と太一は首を傾《かし》げる。いいから、と奈津子は太一を連れて行く。

人々が湯気の立つ場所に足を入れて座っている。これなあに、と太一が尋ねる。足を入れるの、と奈津子は答える。きっと気持ちがいいわ。

女が、あなたたち、入るの、と尋ねてくる。太一が、お金を払うんですか、と訊く。いいえ、お金はいらない、だけどタオルは有料なの、買ってても買わなくてもいいけど。買いなさいよ、と奈津子が言うと、保養所のタオルがあるから必要ないよ、と太一は答える。でも、きっと記念になるわよ、と奈津子は言う。

この時の奈津子はどんなくだらないものでも、生きていくのに必要のないものでも、太一に買い与えたかった。しかし太一はそのことに気づくまい。きっと永遠に気づかないか、数年経ったある時、まくしたてるようにこの時のことを、奈津子がむきになって語り始めることはあるのかもしれない。

太一とは一緒に足湯に浸かることはできなかった。支えていないとバランスを崩して、太一は後ろにひっくり返ってしまう。支えていようと思った。この思いつきは気がきいている。

太一は靴を脱ぎ、靴下も脱いだ。女と奈津子と二人で太一を支えた。太一は片方ずつゆっくりと足を入れていき、腰掛ける。

うわあ、あったかいなあ。太一は満足そうに笑みを見せる。奈津子が入らないことにはなんの疑問も感じない。それでいい。

お兄ちゃん、どこか悪いの？　女が尋ねる。太一は頷く。太一が体が悪いことを責めるのは奈津子の家族だけなので、太一は自分が身体障害者であることを隠さない。どこが悪いの？　脳です。太一が答える。まあ、脳、大変ねえ。女が大げさに驚く。脳に電極が入っているんです、電源は胸にあります。そうなの？　あなた、ここに機械が入っているの？　女は太一の胸を触る。太一は頷いて、そのまま女に胸を触らせておく。そうなの、ここに機械が、あーら、そう。太一はくすぐったそうに笑う。気持ちよさそうに笑う。

太一は常にせせこましく動き、不自由な体を使ってでも、お菓子や漫画、アダルトDVDを買いに行かずにはいられない。そして今度は電動車椅子を買う、という悪くない思いつきをした。きっとその驚異的な行動力が奈津子にまで伝染し、直視しがたい家族の未練の残るこの旅行にまで自分を連れ出したのだ。

「次はどこに行くの？」

太一が無邪気に尋ねる。

「新幹線に乗って帰るの。旅は終わりなのよ」

「もう行きたいところはないの？」

「ないわ。行きたいところも、見るべきところも、なにもない」

太一はしばらく黙って遠くを見た。まるでこの言葉の意味がわからないかのように。要するに、もう、終わったのよ、と太一に説明したとしても、わからなくなるばかりだろう。だから奈津子は黙っていた。

黄昏《たそがれ》、と呼ぶには熟しすぎた空の下を、新幹線はゆっくりと滑り出し、二人は海を離れていく。

ポケットの中から、太一は二、三枚ティッシュペーパーを取り出した。それを一つにして思い切りはなをかむと、丸めて、ポケットにしまいこんだ。それは、一つの人生のとても色々なことと、一枚一枚の絵を丸くまとめて、ポケットに収めてしまったかのようだ。

奈津子は太一の行いに畏怖を覚えた。そしてなにかこみ上げてくるように、こう尋ねた。

足湯、気持ちよかった？　太一は頷く。旅行、楽しかった？　太一はまた頷く。また私とどこか、別のところへ行きたいと思った？　太一はしばらく考えた。そして大きく頷いた。

太一はなにもしゃべらない。ただ外の景色を眺めている。しかし太一は確かに三度頷いた。

二人はしばらく黙ったままだった。やがて、車内販売のカートがやってきた。しかし奈津子はぼんやりしていた。いつもの奈津子なら、なにか官能的ともいえるような自己犠牲の気持ちに駆られて、太一にミックスナッツを買ってやっていただろう。

しばしの旅が終わりに近づいている。――ねえ、あの子のどこが気に入ったの、と母親のいつもの声がする。ハンサムでもないし、と。うまく言葉では説明できない。ただ、母親が時々、嫌味のように、太一のことを、悪運の強い子ねえ、と言う。悪運の強い子ねえ。こんな病気になって、まだ生きているなんて、働かないのに、妻に面倒を見てもらって、図々しく生きていられるなんて。そんな時、奈津子はひそかに太一と結婚してよかった、と思うのだ。

ビル群が見えてくる。かつて弟のカードで泊まった高級ホテルも見える。母親は弟がカードを使ったことなど、もう、覚えていないだろう。ただ、楽しい思い出だけが残っている。あの子はね、すごい孝行息子なのよ、私を素敵なホテルへ招待してくれたの。バーで大喧嘩《おおげんか》になったことも、もう覚えていないだろう。マンションを手放すことになって、自殺未遂騒ぎを起こしたことも。母親に訪れた忘却が、悟りからきたものなのか、それとも現実から目を背けているのか、奈津子にはわからない。ただ、自分の身に関しては、ある一つの季節が終わったのだ、そのことだけを知る。自分の隣で、ティッシュペーパーを丸めた男、この男の発作のおかげで。

「今日の夜ご飯、なに？」

太一が尋ねる。

奈津子は考える。夕飯のことまで考えていなかった。疲れているので手早く済ませたい。家にあるのは、もやしと卵とそれから北海道の太一の母親が送ってくれたバター。マーガリンなどではなく、紛れもなくバターなのだった。玄米も少しある。

「駅の近くの百円ショップでしめじを買って、リゾットにしましょうか」

「そう？　あのリゾット、僕大好きだよ」

新幹線が東京駅に近づこうとしている。もうすぐ、奈津子の旅は終わろうとしていた。奈津子は少し疲れた。太一によりかかると、太一が、奈津子の顔を見て、瞬《まばた》きした。不思議そうだった。


次の日。太一の電動車椅子の試験があった。中山という名の、区の福祉課の保健師がアパートまで迎えにきた。太一が大好きだ、と言っている男で、大学を卒業したばかりという感じの、いかにも気がきかなそうな若い男だった。こういう男に太一は年上のくせに弟のようになつく。保健師は手押しの車椅子に太一を乗せた。

試験会場は新宿区の障害者福祉センターだそうだ。ちょっと遠くて、都電の終点になります、と彼は説明した。

太一は嬉しそうだった。

道中は保健師が車椅子を押した。太一はもう既に何度か彼に車椅子を押してもらっているらしい。もちろん恐縮した様子はまったくなかった。

三人で都電に乗ると、太一があれこれと質問する。試験は実技らしい。どうすると不合格になるのかと奈津子が尋ねると、保健師は、そんなに基準は厳しくないはずだと答える。車椅子に乗っている時に、人にぶつからなければ合格ですよ、と。

話をしているうちにすぐに障害者福祉センターに着いた。手続きと医者の面接があり、実技試験は始まった。太一が乗った電動車椅子がそろそろと動き始めるのを、奈津子は後ろから見守る。

試験は思ったより困難なものだった。坂を上がったり、信号を渡ったり、そこには多くの通行人がいた。太一は何度もぶつかりそうになった。

結果はすぐに出た。もうちょっと練習してからにしましょうか、と試験官は言った。要するに不合格だ。しかし付き添いありの乗車が認められて、車椅子は手に入るらしい。保健師は完全な不合格ではないと、さほどがっかりもしていない太一を一生懸命慰めた。

一ヶ月後、電動車椅子はやってきた。電動車椅子は、アパートの脇の駐輪場に止めることになった。この辺に止めておきましょうか。体が大きいので、特注なんですよ、と介護ショップの店員が太一をいたわるように言う。座るところには、大きくて柔らかそうなクッションがあり、これは、太一が奈津子に無断でつけたオプションであることがわかった。太一のいかにも好きそうな、気持ちよさそうなものだった。

「乗ってみて」

奈津子が言うと、太一が車椅子に乗って、奈津子の周りを旋回した。

「早速、これに乗ってお菓子を買ってくるんだあ」

太一はわくわくした様子で言う。

「そんなこと言って、またこっそりいやらしい雑誌を買おうとしているんでしょう。知ってるんだから」

「うふん」

太一は笑った。

「なっちゃんは？　なにか買い物ある？　欲しいものとか？」

「私の欲しいもの？」

奈津子は黙った。自分の欲しいものを奈津子は知らなかった。自分がなにが欲しいのか、考えたことがなかったのだ。

「これからは、僕が買い物にいけるんだよ、なっちゃんが欲しいものも、僕のお小遣いで買ってあげるよ」

太一の言っていることが、とても壮大なたくらみのように奈津子には響いた。欲しいものが手に入る。やりたいこともできる。

「私……」

奈津子は言った。

「テレビをもっと一緒に見たい」

「テレビを？　ふうん」

太一は考える。

「そうだ。番組表を買えばいいよ。三月になるから、新しい番組の特集をやってるよ。そういえばなっちゃん、いつも上《うわ》の空だったもんね」

「そうね。じゃあそれ、お願い」

見抜かれていたようだ。

「これ、たくさんもらっちゃったから預かってて」

見ると、駅前で配られるポケットティッシュだった。奈津子はそれをエプロンのポケットにしまった。

奈津子には、まだ自分が欲しいものを欲しいと言い、それを買うということが、正しいことなのかどうか、よくわからない。だから、小さな声で恐る恐る言ったのだ。だけどそれが全ての始まりだった。奈津子は囁《ささや》くように、自分の過去のことを哀れな過去、と言ってみた。その言葉には、不思議と癒しがある。ポケットは膨《ふく》らんだが、まだティッシュペーパーをしまう余裕があった。

「行ってくるよ」

あっ、と言う間もなく太一は車椅子で駐輪場の外へ行ってしまう。本当は付き添いがいなければいけないのだが、太一がそんなことを聞くはずがない。

太一を見送っていると、母親から携帯に電話があった。

「しばらく電話に出てくれなかったけど、どうしてたの？　すごく寂しかったわ」

「ああ、ちょっと風邪をひいていたのよ」

「また、新しい服を見つけたの。私の趣味にぴったりだったから、送ったわ」

柔らかくて、ふわふわしていて、裾のほうへ行くほど広がって、ひらひらとしていて、うっとりするようなものだったのよ。

奈津子はありがとう、と言って電話を切った。そして、その服は別に着なくてもいいのだ、そういう選択肢もあるのだ、とやっと気づいた。

視線を上げると遠くの方には太一がいた。太一は、たくさんの人々の中で、誰よりも、切るようにまっすぐ進んでいた。

99の接吻

うっとりとして目を覚ました。なんて素敵な夢。芽衣子《めいこ》姉さん、萌子《もえこ》姉さん、葉子《ようこ》姉さん、そしてわたし。わたしたちは手をつないで輪を作っていた。やがてその手はお互いの体温でくっついてしまう。さらにわたしたちの体は溶けてどろどろになり、一つになってしまう。わたしたちは一つの体になっていた。芽衣子姉さんの痛みは、萌子姉さんの苦しみだった。姉さんたちの心臓が、蛍光灯のようなもので貫かれたその時、わたしも痛みを感じたのだ。これは前からわたしが望んでいたこと。どうして一つになりたいのか、その理由は、わからない。私はあまりにも本能的にそれを欲していた。本当に単なる欲望なので、それを正当化する美辞麗句も浮かばない。私は姉さんたちにまったくゾッコンなのだ。

芽衣子、萌子、葉子、わたしはこの名前を愛の呪文のように思っている。言葉、それだけで力を持っているから、あまり口にしないように。愛という言葉や死という言葉のように。三人の姉の名前を唱《とな》えると、わたしの頭はぼんやりとしてくる。大学で、わたしはマルセル・パニョルについての講義を受ける時も、ムッシュー木村の話をろくに聞いていない。わたしは大好きな姉さんたちの名前を呟《つぶや》いたり、紙に書いたりして遊んでいる。

「要するに君はシスターコンプレックスなんだ」

大学の友人の田村が「花家」でそう言った。

「コンプレックスだなんて。失礼ね。まるで姉さんたちを愛していることを、病気であるかのようにあなたは言うのね。あなたこそマザーコンプレックスじゃないの」

わたしはそう言ってやった。

「それは断じて違う。僕はいやいやあの鬼ばばあの言うことを聞いているだけだけれども、君は命令される前から、姉さんたちに臓物を捧《ささ》げそうじゃないか」

たしかにそれは田村の言うとおりかもしれない。そこでわたしは、「あなたのわりにはいいことを言ったわね」とほほえんだ。

「わたしはたしかに、姉さんたちが要《い》らないって言っても、自分の心臓や、糞《くそ》まみれの腸《はらわた》を捧げたくなる時があるかもしれないわ。ねえ、ところでジャンボ餃子《ギョーザ》はまだかしら」

「君は実によく食べるね。このぶんだと本当に君は糞まみれの腸を捧げることになりそうだ。おまけに息はニンニク臭いときたものだ」

田村とわたしはこんなふうにニンニク料理を食べる間柄だ。田村はノンシャランなところがあって、Tシャツはよれよれ、髪はふけだらけなので、女たちからは気持ちが悪いと言われている。おまけにマッチョで、「女はピアノが弾《ひ》けないとだめだ」と言ったこともあった。だけど、田村は自分がマッチョであることを自覚しているし、わたしのことを女として見ないところがかえって気が楽なので、わたしは付き合うことにしている。

「で？　あなたはその糞ばばあのことを殺そうと思ったことはないの？」

わたしは尋《たず》ねた。

「糞ばばあじゃなくて鬼ばばあだよ。ま、僕は死体の後始末をしたりすることが面倒だから、ばばあを殺すことはしないけどね。ところでここの餃子、本当に大きいな」

「わたし、子どもの時から家族でこの店に通っていたの。散歩のつもりでこの日暮里《にっぽり》界隈を歩くんだけれども、この店の前を通ると、どうしてもお腹がすいちゃって。結局おやつのつもりでこの餃子とカキ氷を食べるのよ」

「餃子とカキ氷？　すごい組み合わせだな」

「そうなのよ。姉さんたちも食べるのよ。わたしたち、家族全員よく食べるの。ところで、鬼ばばあの始末に困っているんでしょう？　それならこの通りの佃煮屋《つくだにや》さんに頼んでみたら？　あそこ、佃煮ならなんでもあるし」

田村は呆《あき》れてため息をついた。

「佃煮にしろなんて、他人の母親のことをよくそんなふうに言えるなあ。君は本当に女なのかい？」

「よくわからないけれど、わたしって小さい頃から男の子として育てられたみたいなの。お祭りの時も、山車《だし》に乗るんじゃなくて、御輿《みこし》を担がされてたし。そういう家風なのよ」

「山車かあ。僕は昔から、あの山車の上に乗った女の子に憧れたなあ」

今度はわたしが呆れてため息をついた。

「みんな一生懸命に山車を引いていても、やっぱり上に乗っている女の子に憧れるものなのね」

と、言いつつも、わたしは田村がマッチョであることを思い出したので、田村を非難するのは止めた。

家に帰ると姉さんたちはSという青年を根津《ねづ》神社のつつじまつりで見かけた時の話で持ちきりだった。Sは最近、近所に引っ越してきた青年で、姉さんたちを虜《とりこ》にした。わたしは最近、Sを「マッド・ハット」で見かけた。皆がジンロを飲んでいるなかで、彼はブラッディシーザーを飲んでいたので目立った。マッド・ハット。いかれたバー。下町の酒好きが集まる飲み屋。そこでカクテルを飲んでいるきざな男。彼は、この町に馴染むことはないだろう。この町で、ずっと、きざな男として、下町には珍しい男として、あのバーで過ごすのだろう。

つつじまつりで出会った時、彼は、なにも手にしていなかった。出店がとても珍しいようだった。Sは、純粋につつじを見にきたのだろう。つつじを見にきたら、入苑料をとられるというのに。わたしたちは幼い時からつつじのことなんかお構いなしで、出店のたこやきや綿菓子に夢中になっていたというのに。

「彼、つつじがきれいですねって言っていたわ。花が好きなのね」

芽衣子姉さんが言った。

「本当に花が好きかどうかなんて、わかりゃしないわ。ただ、きざなだけかも。だけどそういう青臭いところがかわいいのよねえ」

萌子姉さんも芽衣子姉さんと一緒になってSについて語った。

わたしは葉子姉さんを見る。葉子姉さんは、少し狡《ずる》いところがある。葉子姉さんを無条件に愛しているのは、きっとわたしぐらいだろう。葉子姉さんは、嫉妬に燃えた目つきをしている。自分の姉さん二人も、Sに憧れていることを知って、焦《あせ》っているのだろう。葉子姉さんはきっと、二人の会話に参加しないで、黙ってSに花でもプレゼントしようと考えているに違いない。葉子姉さんは、そういう人なのだ。

つつじまつりでSに出会った時、彼は芽衣子姉さんと同じ年であることがわかった。芽衣子姉さんはどういうわけか赤くなった。同じ年だというだけで、脈があるとでも思ったのだろうか。どういうわけか、萌子姉さんも、そういうふうに思ったようだ。なんとなくつまらなそうな顔をしていた。葉子姉さんは涼しい顔をしていた。結局男は若い女が好きなことを知っているのだ。Sがわたしたち姉妹に興味があるのかどうかもわからないのに、まったく恋愛というものは人をうぬぼれさせる。

「芽衣子姉さんばかりSさんと話していたわね。Sさん、少し、困っていたわよ」

意地っ張りの萌子姉さんがそう言う。

「そんなことないわよ」芽衣子姉さんが言う。「Sさん、わたしと話していて、楽しそうだったもの」

「そうかしら」

わたしは三人の女を見比べるのだ。三人の女はそれぞれ、違う町からやってきた男に漠然と興味を持ち始めている。三人が争いあうのも時間の問題だろう。わたしは、姉さんたちを愛しているのに、どういうわけか残酷な気分になる。もっと争えばいいと思う。たぶん、不確実なことを言って赦《ゆる》されるのだとすれば、女は争うものなのだから。わたしはいつも、姉さんたちの匂いをかいでいる。彼女たちが出かける時の、香水や化粧の匂いから、生理になった彼女たちのあとにトイレに入った時の、あの経血の独特の匂いまで。きっと女は争えば、その匂いが強くなる。わたしは、そのことに悦《よろこ》びを感じる。もっと姉さんたちの強い匂いをかぎたいと思っている。それに比べたら大人の男の匂いなんて。男の匂いといったら、汗の匂いだけだ。女のように、時と場所に応じて、複雑な匂いを発することなどないだろう。

嫉妬することが、女らしさであるというのなら、女たちは存分に嫉妬するべきだ。嫉妬する女に対する愛着。男にはきっとそれが理解できないだろう。

花々は、燃えるような色を見せて、それぞれ咲き乱れる。まるで自分が一番美しいと謳《うた》っているかのように。根津神社界隈に住む人たちは、もしかして、誰かに会えるかもしれないという期待をよせて、根津神社のつつじまつりへ行く。会いたい人、それは友だちであったり、異性であったりするものだ。わたしたちは争うように色を燃やしている花々の近くで、社交を楽しむ。こんにちは、お元気ですか？　今年もこの季節がやってきましたねえ。お天気でよかったですねえ、と。本当はもっと言いたいことがあるのかもしれない。このあとどうしますか？　御一緒していいですか？　本当はわたしは、あなたを愛しているのですよ。

そして人々は別れる。またどこかでお会いしましょう、と言って。人々は考えている。なあに、これが今生《こんじょう》の別れでもあるまい。近所に住んでいる人なのだから、と。姉さんたちもそうだった。また会いましょう、と言って、Sと別れた。きっとまた会えるだろう、と思いながら。きっと今度はマッド・ハットあたりで再会できるのではないかと考えながら。その時は考えていなかっただろう。このSという男が誰かのものになってしまうとは。自分の姉、妹のものになってしまうとは。決して。

ある日、わたしは偶然、近所のバス停の近くでSを見かけた。正確にはバス停ではない。彼は、青鞜社《せいとうしゃ》ゆかりの土地にいたのだ。熱心に青鞜社ゆかりの土地、と書いてある立て看板を見ていた。そして、彼はどうしたことだろう、その立て看板に接吻《せっぷん》したのだ。わたしは驚いて周囲を見回した。まだ朝早かった。バス停には誰もいなかった。接吻しているSを見たのは、おそらくわたしだけだったろう。それからSは白山《はくさん》のほうへ、わたしは反対側のコンビニエンスストアのほうへと歩いて行った。まずは雑誌が置いてある場所に向かう。いつも立ち読みしている雑誌を見ると、プランタン銀座の特集をやっていた。夏服の新作が気になって、雑誌をぱらぱらとめくったが、落ち着かなかった。どうしてもSのことが頭にちらついて離れなかった。

結局わたしは牛乳だけを買って、家に帰った。

「随分遅かったわね」芽衣子姉さんが言った。「牛乳だけを買うのにそんなに時間がかかったの？」

「え、ええ」

わたしは慌《あわ》てて返事をした。なにか悪いことをしたかのように。

「変な子」

萌子姉さんは笑った。

わたしは確かに変なのかもしれなかった。自分の表情から、葉子姉さんがなにかを見抜くのではないかと思い、わたしはすぐに自分の部屋に隠れた。Sの接吻の話はできなかった。姉さんたちが嫉妬するのではないかと考えたのだ。姉さんたちは、Sがどういう意味でその立て看板に接吻したのか、お互い言いあうに違いないと思ったのだ。

わたしはぼんやりと考え始めた。Sが立て看板に接吻をしたのは、どういう意味なのだろう。平塚らいてうに敬愛を抱いているのだろうか。だけど、わたしは想像していた。Sが無理矢理、姉さんたちに接吻する姿を。本が好きな姉さんたち。幼い頃から、宇野千代や岡本かの子を読んで、胸をときめかせていた姉さんたち。そんな姉さんたちが、よそから来た、きざな男に、無理矢理接吻されたら、どんな気分だろう。そしてもし、わたしに接吻したら？　わたしはSに平手打ちを食らわしてやる。わたしを馬鹿にしないで。まだ、恋人かどうか確かめないまま、強引に接吻するなんて、それは若者が多くいる町の習慣でしょう。郷に入っては郷に従えということわざがあるでしょう。この界隈は、若者の縄張《なわば》りじゃないんだから。わたしだったらそう言ってやるんだ。

姉さんたち。可哀想な姉さんたち。彼女たちはどうして自分たちがSに惹《ひ》かれているのか、気づいていないのだ。わたしは単に、Sがよそ者だからだと思っている。彼女たちは自分たちが女として進んでいるからだと思っている。女としての処世術は文学から学んだと思っているのだ。近所の幼馴染《おさななじみ》とは結婚しないわ、萌子姉さんはわたしとは反対に、そう言っていた。そう、この界隈に住んでいる人はみんなそう。ここで生まれて、小学校の時から一緒だった異性と恋愛して、夫婦になり、ここで死んでいく。お葬式には、幼馴染がたくさん来て、まるで同窓会みたい。わたしはそんな近親相姦みたいな恋愛は嫌なの。そういうことも萌子姉さんは言っていた。だから、よそ者が来ると、姉さんたちは、まるで異性を生まれて初めて見たかのように意識する。敬愛しているとはいえ、なるほど、女というものはこんなにも情けないものなのか、と感心し、しかしやはりさすが私の姉さんたち、美しいとも思う。

だから、もしかして接吻されたら、平手打ちを食らわせるぐらいでは済まないかもしれない。接吻して、体も飽《あ》きるほど与えて、ぱっと捨ててやるぐらいがSにはふさわしいのかもしれない。そうしたらわたしは言うのだ。セックス？　そんなものわたしはどんな男ともするわよ。あなたのことを特別だと思ったことなんて一度もないわ、と。姉さんたちだってそうすればいい。だけど違う。姉さんたちは心からSに恋してしまったようだ。それを考えると、わたしは悔しくなる。この界隈で作られた新しい女たちが、よそ者によって汚されてしまうようで。山車に乗るより御輿を担いでいた姉さんたちではなくなってしまうようで。

「ねえ、母さん、別れた父さんのセックスはどうだった？」

萌子姉さんが電気ブランを飲みながら尋ねる。母さんも電気ブランを飲んでいる。

母さんは真っ赤になって笑う。

その夜、わたしたちはジャズ喫茶「映画館」へ母と出かけた。この喫茶店には、「二十四時間の情事」や「去年マリエンバートで」などのポスターが貼ってあって、わたしたち姉妹はなかなか気に入っている。母はもともとアラン・レネが好きで、母が観るビデオをわたしたちは幼い頃から一緒に観ていた。それからずっとこの喫茶店をひいきにしていた。ジャズ喫茶で、電気ブランを飲む。そんなことも、もう子供の頃からやっていたのだ。

「父さんたらね、私とはじめてやった時のことを日記に書いていて、私、ある時、それを見つけちゃったの。デルタ地帯がどうのこうのとか書いてあって、おかしかったわ」

わたしたち四人は酔っ払って笑う。母さんは、酔うといつも性的な話をする。わたしたちはそれが面白くて、母親にどんどん酒を飲ませて聞き出すのだ。

「それで、父さんのセックスはうまかった?」

芽衣子姉さんが尋ねる。

「そうねえ。持っているものは大したものじゃなかったけど、なかなかテクニックはあったわねえ」

葉子姉さんは話を聞いて笑ったりはするものの質問はしない。そこでわたしは訊《き》いてみる。

「今の母さんは、何歳ぐらい年下の人とセックスしたいと思うの？」

「そりゃ若い男がいいわよ。息子ぐらいの年齢の子でも構わないわ。そうね。あなたと同じぐらいの年の男の子とでもしたいわ」

その時、激しいシンバルの音が鳴った。

「菜菜子《ななこ》と同じ年の子？　それ、田村君のことじゃないの」

萌子姉さんが言った。そうか、とわたしは思う。わたしの同級生といったら、田村と同じ年の男ということになる。

「田村君って誰？」

芽衣子姉さんが尋ねる。

「この子の大学の友だちよ。たまに二人で歩いているところを見かけるわ」

葉子姉さんが答える。

「あなたたち、一体どういう仲なの？」

「ただの友だちよ。彼氏じゃないわ」

母に尋ねられて、わたしはそう答えた。

「別に友だちでも彼氏でもいいけど、あなたたち、すぐに寝たがるような男とだけは付き合わないほうがいいわよ」

わたしは「はあい」と返事する。

「でも母さん、その考えは遅れているわよ」

芽衣子姉さんがそう言い、続ける。

「激しく愛し合っている二人なら、いつセックスしてもいいと思うわ」

「若い人がそういう考え方だってことぐらい、母さんだって知ってるわ。でも駄目よ」

「へえ、相手がいるの?」

Sを意識して萌子姉さんがそう尋ねる。芽衣子姉さんは黙り込む。

わたしは家族でそんな話をしていることが恥ずかしくなって、マスターをちらりと見る。マスターは黙って、スペイン風オムレツを作っている。

「葉子はどう思うの」

萌子姉さんが尋ねる。葉子姉さんは「わからない」と一言答える。

「そういえば、『二十四時間の情事』をマッド・ハットで上映したの」

わたしは話題を変えて言う。

「どうして？」母親が尋ねる。「あそこではテレビがついているじゃないの。たまにビートルズのビデオが流れていたりするけれども」

「お客さんにどうしても観てみたいって言う人がいて、上映会をしたの」

「それで、みんな観てた？」

芽衣子姉さんが、電気ブランを吸うように飲む。

「それがね、そのお客さん以外、誰も観ていなかったんだけど、浴室のシーンがあるでしょう？　そこで、常連さんが『おっぱじめやがったぜ』って叫んだの」

一同の笑い声。

「きっとその人、映画の内容を知らないのね」

芽衣子姉さんが笑う。

「知らないに決まってるじゃない」

わたしは答える。

「あんな映画、家族で観るのはわたしたちぐらいよ」

萌子姉さんがスペイン風オムレツを切り分けた。

「そうよ、母さん変よ」

芽衣子姉さんが言うと、母さんは「そう？」と言った。

女同士、こんな下品な話をして盛り上がった。その日はSの話は出てこなかったので、わたしはなんとなく安心した。話が下品であればあるほど、女たちというものは盛り上がるものだ。今度来た時も、わたしたち四人は母に電気ブランを飲ませるだろう。

萌子姉さんとテレビを観ていて、なんとなく、暇をもてあましていた時、銭湯《せんとう》へ行こうということになった。わたしたちは着替えながら、じゃれあう二匹の犬のように、互いの乳房に触れ合ったりして遊んだ。わたしは姉さんたちの中で、萌子姉さんの乳房が一番好きだ。芽衣子姉さんは痩せぎすで、乳房も貧弱で色黒だし、葉子姉さんはふくよかで、色も白いけれど、乳輪が大きすぎる。萌子姉さんは色白で痩せているので、肉まんのような白い乳房が正確な円に近い形をしている。

洋服をすっかり脱いだ萌子姉さんは、タオルで体の一部を隠すことなく、堂々と裸で立っていた。

「裸なんてちっとも恥ずかしいことじゃないのよ」萌子姉さんは言った。「だって私たちは、小さい頃からこの銭湯へ通っているのだから。裸なんてもうすでにすっかり見られてしまっているのよ」

よく考えるとそうだった。みっちゃんという番台に座っている女性は、わたしたちが物心つく前からいた。彼女は知っている。わたしたちが、思春期の体の変化にあった時のことも。わたしは鮮明に覚えている。ある日、乳首が固くなり、乳首に鉄棒をぶつけてとても痛い思いをしたことを。萌子姉さんは言った。「それはこれから胸が大きくなるということなのよ。乳首が固いというのは、しこりがあるということでしょう」と。わたしは「そうだわ」と答えた。「あなたもそのうち葉子みたいに、グラマーになるかもしれないわね」そう言って萌子姉さんは笑った。

この時、わたしはすごく嬉しかった。萌子姉さんに相談してよかったと思った。そのことを芽衣子姉さんでもなく、葉子姉さんでもなく、そして母さんでもなく、わたしはなぜ萌子姉さんに相談したのだろう。思い出して不思議に思った。

そんなことを考えていると、萌子姉さんは、女湯の脱衣場に入ってきた少年に声をかけていた。わたしは思わず、タオルで体を隠した。十歳ぐらいの子供で、母親と一緒に入ってきたのだ。もう、女の裸を見たいという気持ち、異性に対する気持ちがある少年だ、とわたしは思った。だけど、驚いたことに、萌子姉さんは、その少年に近づいていったのだ、体のどの部分も隠さずに。

「お前、ひとりで男湯に入れなかったから、女湯へ来たのね」

萌子姉さんは堂々としてそう言った。少年のほうはむしろ萌子姉さんに圧倒されて、なにも答えなかった。

「お前、話もできないの?」

萌子姉さんは笑った。

少年は黙ったままだった。少年は萌子姉さんの体からそっと目を逸らした。

「つまんない子」

そう言って萌子姉さんは「あはは」と笑った。

女の誰もが、萌子姉さんのように振る舞えたら、どんなにいいだろう。わたしは萌子姉さんに憧れる。幼い時から体を見られることが当たり前の、この界隈で、一切恥じ入ることもなく、その肉体美を誇る姉さんに。わたしは、この銭湯がいやだった。こっそりと服を脱いだと思ったら、ピアノの先生に出会う、親戚のおばさんに出会う、この銭湯が。誰もがわたしの裸を見て、わたしの成長を監視している。体だけではない。会えば進路だって訊かれるのだから。萌子姉さんは、進路を訊かれても動じない。レヴェルの高い大学を卒業したわけでもないし、婚期も過ぎてしまっているけれど、それでも誰に会っても、隠れない、隠さない。

わたしは乳房が膨《ふく》らんできた時、それを罪のように考えていた。萌子姉さんがその禁忌を拭《ぬぐ》ってくれた。乳房が膨らんで、わたしはグラマーになったのだ、女になったのではなく。萌子姉さんが、そのように女になるという嫌悪感を巧みに拭ってくれた。萌子姉さんは、違うのかもしれない、もともと女というものに嫌悪感を覚えていないのかもしれない。この界隈でそんなに自由に振る舞えるのは、萌子姉さんぐらいだと思う。親でもない人たちに、この子が女になるのはいつだろうかと、そんな興味津々《きょうみしんしん》な目を向けられる場所に住んでいるというのに。

萌子姉さんが、そのつまらない少年に興味をなくしてしまうと、わたしたちは浴場へ入っていった。

「あなたの乳首、きれいな色してるわね」

萌子姉さんが言った。「乳首がどすぐろい色をしている人って、乳首を触りすぎているんじゃないかしら、要するに摩擦熱《まさつ》ってことよ」

萌子姉さんの言っていることがあまりにもおかしいのでわたしは笑ってしまった。

「自分で触っているんじゃなくて、男に触らせているのかもしれないわよ」とわたしは答えた。

ある午後に、芽衣子姉さんが、一匹のたいやきを持って機嫌《きげん》よく帰ってきた。芽衣子姉さんは、そのたいやきを大事そうにテーブルにおいて、鼻歌を歌いながら、湯を沸《わ》かしていた。

「お茶を飲むんだけど、あなた飲む？」

芽衣子姉さんに尋ねられて、わたしは「うん」と答えた。

「そのたいやき、どうしたの？」

「今日ね、『果川家《かせんけ》』の黄金たいやきのところを通ったら、Sさんに会ったの。そこで、このたいやき、一ついただいたのよ」

「そう」

わたしはそっけなく答えた。

芽衣子姉さんとはよく黄金たいやきへ行ったものだ。芽衣子姉さんは姉妹の中で一番甘いものが好きで、幼いわたしにもよく買ってくれた。芽衣子姉さんは、自分が甘いものが好きなので、自分以外の者もみんな甘いものが好きだと思っている。わたしはたいやき自体、そんなに好きではなかったが、芽衣子姉さんが奢《おご》ってくれるということが嬉しくてたまらなかった。

「それでね、たいやき屋でこんな地図を配っていたのよ」

芽衣子姉さんは地図を開いて見せた。それは新しい下町まっぷだった。文京区のどこに、どんな文人が住んでいたのか、ということが示された地図だった。

この地図はSさんも持っていったの？

そう訊こうとしてやめた。きっとSも持っていったに違いない。彼は、この界隈に引っ越してきたばかりなのだから。この界隈の地図がほしくてたまらないのだから。

姉さん、大好きな芽衣子姉さん。わたしと姉さんがたいやき屋へ行った思い出は、Sにたいやきをもらったという思い出に塗り替えられてしまったのだろうか。Sは姉さんに恋をしているのだろうか。だから姉さんにたいやきをあげたのだろうか。わからない。だからわたしはやめてほしいのだ。そういう思わせぶりな態度は。Sのほうは、観光気分だったのかもしれない。だけど姉さんは、今、恋をしている姉さんは、そんなことをされたら、自分に恋をしていると思ってしまうだろう。

わたしは不思議な想像をする。わたしと体がくっついていた姉さんが切り離されてしまうような想像を。どうしてSはそんな気前のいいことをするんだろう。姉さんのことなんて好きじゃないくせに。わたしのほうがずっと姉さんのことを愛しているのに。どうしてそんな思わせぶりなことをするの？

姉さん、わたしたち家族は恋なんてしないんじゃないかと思っていた。父さんがいなくなって、母さんとわたしたち四人姉妹。女だけの家族でこんなにうまくいっていたのに。わたしたちは同じ未来を描いていたじゃない。家の近くにある老人ホームに、皆で入ろうと約束したのに。

わたしは姉さんを見る。姉さんがほしくてうっとりする。よく、裸になって一つの布団に入ったことを思い出す。田村に話したら、それは異常だって言われた。君は、姉さんを性的に愛しているんじゃないかって。だけどそれは違う。わたしは彼方にいる人間を性的に焦《こ》がれたわけじゃない。だって姉さんなのだから。わたしたちはもと一つの体だった、だけど生まれてきた時に、たまたま切り離されたのだ。だからやめてほしい。姉さんたちに恋という気分を植えつけるのは。わたしたちにはそんなものは必要ないのだから。わたしは想像する。芽衣子姉さんに性的ないたずらをすることを。ペニスを挿入するのではなく、彼女の耳に、私の作った恥ずかしくなるようなポエムを囁《ささや》いて、私は姉さんを満たすのだ。だから姉さん、男なんて必要ないじゃない。わたしたちはこの共同体の中で、女たちばかりの共同体の中で、誰かが男を演じればいい。わたしは常に男の役だって構わない。わたしには快楽が必要ないから。わたしは性的な快楽に興味がないから。姉さんたちが気持ちよくなればそれで充分だ。わたしたちは一人の人間なんだ。だから、わたしたち姉妹の誰かが、男を演じるのは、自己充足だ。わたしたちにはそれができるはずなのだ。わたしたちの共同体は完璧だ。イヴが生まれる前のアダムのようなもの。あるいは両性具有のようなものだ。

わたしは芽衣子姉さんが湯を沸かしている間、姉さんが一口かじったそのたいやきを見ていた。いつもなら、姉さんが口にしたものを食べてみたいと感じるけれど、Sが奢ったというそれは口に合わないだろうと思った。


ある夕方、わたしが谷中《やなか》銀座へ買い物に行った時、わたしは商店街の終点にあたる夕焼けだんだんのところで、葉子姉さんとSが仲良く煙草《たばこ》を吸っているところを見かけた。わたしは、どうしたのだろう、その時迷わずに隠れた。あの大好きな姉さんに声をかける、いつもならそうするはずなのに。

階段に座って、野良猫を撫《な》でる葉子姉さん。わたしは葉子姉さんが本当は動物になんてまったく興味がないことを知っている。普段わたしたち姉妹が散歩をしていて、犬を見かけても、葉子姉さんはけっして触らない。だけど、そんなことを知らないSは、野良猫を撫でる葉子姉さんをほほえましげに見ている。いとおしげに。Sは動物を愛する女が好みなのだろうか。わからない。だけど姉さんは、葉子姉さんは、少なくともそういうふうに思っているんだ。分析しているんだ、とわたしは思った。

葉子姉さんは、Sが動物を愛《め》でる女が好きだと思って、だから好きでもない野良猫をかわいがるようなことをするんだ。それはもしかしたら狡いことなのかもしれない。本当は猫なんて好きじゃないのに、男の前でそういうふうに振る舞う。同性が見たら、嫌悪することなのかもしれない。だけど、葉子姉さんは、いつも、同性が見たら嫌がることでも平気でする。葉子姉さんはそういうことを悪いことだと思っていない。知能犯なのだ。本当は女らしくなんてないくせに、男の前だと女の子ぶる。男を軽く無視するような仕草、持っている薄桃色のハンカチの愛らしさ、男にはわからない薄化粧。そういう姉さんのしかけた罠《わな》、一つ一つが男を虜にするのだ。今、Sと談笑している姉さんは、煙草を吸って、なんとなくクールに見えるように振る舞っている。Sはきっと、そういう女が好みなんだ。姉さんはそれを綿密に計算して振る舞っているんだ。

わたしは葉子姉さんに訊いてみたことがある。それぞれの男が好きな仕草をどのように見抜くことができるのか、と。姉さんは澄ました顔でこう言った。男の好きな仕草？　そんなもの、わたしだって知らないわ。

嘘。これは嘘。姉さんは、それぞれの男が好きな仕草を見抜くことができるのだ、確実に。葉子姉さんがそれぞれの男のことがわかるように、それぞれの姉さんのことをわたしは見抜くことができるのよ、そう葉子姉さんに言ってみたくなる。だけど他の家族は、葉子姉さんのことがあまりわかっていないみたいだ。この子は男から好かれる、どういうわけか好かれる。漠然とそう思っているだけ。

他の姉さんたちは、このことにコンプレックスを抱いている。Sが現れてから特にそうだ。どうして葉子だけがあんなに男の人に好かれるのかしら、芽衣子姉さんが何故か心配そうに言う。女はそうでなければならない、と思っているのだ。男はみんな、葉子、葉子って言うのね。萌子姉さんは、悔しそうにそう言う。

葉子姉さんが男に好かれるように、いかに努力して、そしてそれをさりげない態度で見せているか、そのことを知っているのはわたしだけだ。わたしはそんな、葉子姉さんの秘密を握って、少しだけ残酷な気分になる。葉子姉さんの秘密を握って、少しずつ握ってそれを貯《たくわ》えて、いつかそれを家族みんなの前で全部ばらしてやろうか、そんなふうに思う。だけど葉子姉さんは他の姉さんたちのように一筋縄ではいかないだろう。芽衣子姉さんは、悪事をばらされたら泣いてしまう。萌子姉さんなら、図星を指されて怒る。だけど姉さんは、葉子姉さんは……わたしはそのことを想像して、どういうわけか気持ちがよくなる。葉子姉さんは、きっと実にしらじらしい態度をとるだろう。男に好かれる態度？　そんなことしていないわ、そういう仕草があるなら教わりたいぐらいね。そんなふうに言うのだろうか。

葉子姉さんは、時々、いいわけのようにわたしにこう言う。姉さんたちと母さんは、わたしが男に好かれると思っているみたいだけど、本当はそんなことないのよ、わたし、男になんて全然好かれてないわ。わたしには、男に好かれていることすら隠したいみたいだ。姉さんはもしかして、気づいているのかもしれない。わたしが葉子姉さんのなにかを知り始めていることを。

ああ葉子姉さん、わたしはなにもかも知っている。あなたの狡さ、したたかさを。だってわたし、あなたを愛しているから。あなたが姉さんたちに内緒でSと会っていても、わたしは咎《とが》めたりしないし、家族に言いつけることもしない。ただ、あなたのその周到さを愛でていたいだけ。それを真似《まね》しようとすら思っていない。あなたのその見事な処世術にうっとりしていたいだけ。姉さん、いつかわたしの前でも、完全な周到さを見せて。そしてある時、開き直ったように、男はこういうのが好きなのよ、と言ってみてほしい。わたしは、そんな悪い姉さんを心から愛しているから。そして存分にSのことを魅了してほしい。わたしはあなたが悪ければ悪いほど快楽を得るみたいだ。それは死ぬほどに。

夜、まだ早い時間。家族みんなでテレビを観ながら、果物《くだもの》などを食べるような時間に、萌子姉さんの部屋の鍵が掛けられ、真っ暗になることがある。マスターベーション。姉さんはそれをしているのだ。わたしは、姉さんの部屋のドアに耳をつける。部屋から切ない声が聞こえる。姉さんの声じゃない。アダルトビデオの女優の声だ。姉さんの声は、よくわからないけれど、たまに大きく息を吐くような音が聞こえる。姉さんは、Sとのセックスを想像したりしているのだろうか。そう考えると、わたしの心も悦びで満たされる。わたしはマスターベーションする姉さんを思い描いて、自分がまた、マスターベーションしているようなものだ。

萌子姉さんは、ある時わたしに打ち明けてくれた。あんたは心がきれいだから教えてあげる。女でもあれをやる人はやるのよ。わたしはやるの。女だからってそれに引け目を感じることはおかしいわ。だけど、母さんと芽衣子姉さんには秘密よ。あの人たちは、性について遅れた考えかたを持っているから。それと葉子にもね。

萌子姉さん。本当に心がきれいなのは、わたしじゃない。あなたなのよ。わたしは心の中で呟く。純粋な快楽の塊《かたまり》。わたしは彼女をそう思う。

このビデオ、すごくいいわよ、あなたもこれを観て、オナニーしたら？　姉さんはそう言って、わたしにアダルトビデオを貸してくれた。団子坂下《だんごさかした》の古本屋で買ったのよ、と姉さんは言う。あの本屋さん、わたしが堂々とビデオを渡したものだから、まるで岩波文庫でも渡したかのように、紙袋に入れてくれたわ。きっとあまりにも堂々と買ったから、反応を間違えたのね。姉さんは笑う。レンタルビデオ店で借りるより、あそこの古本屋で買ったもののほうがものがいいわよ。安いし、これは好みの問題かもしれないけれど、ビデオが年代ものなの。古いアダルトビデオって、女優さんがみんなブスでしょう？　わたしはブスな女優を愛しているのよ。セックスに現実味があるような気がするでしょう？

ある夜中、わたしは姉さんが貸してくれたアダルトビデオを自分の部屋で観た。姉さんがこれでマスターベーションしていると思ったら、不思議と神聖な気持ちになって、私は、きちんと正座してそれを観た。

姉さんが貸してくれたビデオは、どう見ても二十代のセーラー服を着た女が、革のワンピースを着た女に犯されるというものだった。わたしはアダルトビデオというのは、男が女を犯すものだと思っていたので、そのビデオをとても珍しいものとして観賞した。姉さんはヘテロセクシャルなのに、どうして女が女を犯すビデオを好んで観ているのか知ろうとした。数分ビデオを観て気づいた。ペニスを挿入するところが最終地点であるビデオに比べて、姉さんがいいと言ったビデオは、執拗に乳房をいじっている。きっとこのビデオは、女にとっても、性感帯をうまく刺激しているできのいいビデオなのだ。そしてわたしは、姉さんの性感帯はきっとあの形のいい乳房なのだろうということを発見して嬉しくなった。

わたしは思い出していた。時々、姉さんがわたしの背中を抱きしめてくれることを。柔らかくて、温かい乳房がわたしの背に触って、わたしはとても優しい気持ちになれた。姉さんが女の背中を抱きしめるのは、きっと、姉さんの性感帯が乳房だからだ。それを指摘して、姉さん、そうなのでしょう?と言ったとしても、彼女は、そうなのよ、とさっぱりと答えるだけだろう。

萌子姉さんはわたしたち家族の陰核のような存在だ。エロティックだけれども、決してないがしろにできない、中心的な重要人物。いつも無邪気に平気で猥褻《わいせつ》なことを言って、大声で笑い、だけど、いつも話題の中心。そしてわたしたち家族が一目《いちもく》置く人。

「なんであんたがそれを持ってるのよ!」

芽衣子姉さんが怒鳴る。

「別にいいじゃない。ちょっと借りただけよ」

萌子姉さんが反論する。

「あんたたち、いい加減にしなさい」

しまいには母さんまでもが苛立《いらだ》ち始める。

姉さんたちの喧嘩《けんか》の原因はS、またしてもSだ。芽衣子姉さんが彼に口紅をもらった。当然ながら芽衣子姉さんは自慢した。Sさんはわたしのことが好きなのかもしれないわね、と言って。萌子姉さんが嫉妬してその口紅をこっそり使ったのだ。故郷に帰った時、妹から処分を頼まれた。Sは芽衣子姉さんにそう言ったそうだ。新品だから誰かにあげたら、と。

「その口紅は誰が使ってもいいのでしょう?」

萌子姉さんがそう言った。

そう、そうなのだ。どなたか使ってください。Sはそう言って、芽衣子姉さんにその口紅を渡したのだそうだ。だから、その口紅は皆のもの、確かにそうなのかもしれなかった。

「でも、Sさんはわたしにくれたのよ。だからわたしのものだわ」

「たまたま図書館で会ったから渡してくれただけでしょう?」

芽衣子姉さんも馬鹿正直だ。これは自分にくれたものだ、そう皆に言えばよかったのだ。葉子姉さんなら、たぶんそうする。否、もらったことすら秘密にするだろう。だけど、芽衣子姉さんは自慢したかった、そうなのだ。今日、本郷《ほんごう》図書館へ行ったらね、たまたまSさんに会ったのよ、奇遇でしょう？　Sさんたら「今月生まれの小説家」の閲覧場所にいたのよ。声をかけたら、ポケットからこれを出してくれたの、ほら。

芽衣子姉さんはそう言って、口紅を見せびらかした。

今月生まれの小説家のところにいるなんて、これから小説のお勉強をしようとするスノッブのすることだとわたしは思ったけれども、姉さんたちの目には文学青年に映るらしい。

どなたかご姉妹で気に入った方が使ってくださいって言っていたわ、あなたたちも使いたかったら、貸してあげる。その代わり、わたしにちゃんと断ってね。

芽衣子姉さんはそう言っていた。だから確かにその口紅は本来、芽衣子姉さんだけがもらったものではないし、萌子姉さんが使ってもいいものだった。

だけど、負けず嫌いの萌子姉さんにとって、その言い方は、癇《かん》に障《さわ》ったのだろう。萌子姉さんは、だからその口紅を芽衣子姉さんに断らずに勝手に使ったのだ。

「この、泥棒！」

「なによ！　自分のものじゃないくせに」

二人はつかみあいの喧嘩になった。

「あんたたち、やめなさい！」

母さんが叫ぶ。

ふと、わたしは葉子姉さんのことが気になって、ちらりとそちらに目をやった。葉子姉さんは、母さんが買ってきたという、小石川のクイーンズ伊勢丹のブリーチーズとアールグレイの紅茶を口にして、涼しい顔をしている。彼女は、ただ黙って、それらを楽しんでいた。

葉子姉さん。本当は葉子姉さんもその口紅を使ったかもしれない。だけど、芽衣子姉さんにはそんな発想はないみたいだった。こういう時、とばっちりを食らうのは、いつも萌子姉さんだ。萌子姉さんは要領が悪い、葉子姉さんのように狡いところがない、だから、黙って使ったりして、すぐに見つかってしまうのだ。

「なによ……なによ……」萌子姉さんは泣き出した。「別に姉さんのものじゃないくせに。たまたま本郷図書館で会ったから、姉さんに渡した、ただそれだけのことじゃない」

ただそれだけのこと、そうじゃない。そのことを一番よくわかっているのは、萌子姉さんなのだ。Sさんが本郷図書館へ行ったのなら、わたしも出くわしたかった。Sさんに口紅を渡されて、それをきっかけに話もできたかもしれない。

きっと姉さんはそうしたのでしょう？　萌子姉さんはそう訊きたいのだ。うらやましくて、うらやましくて、自分で自分がどういう感情なのか、わからなくなってしまっているのだ。

だって、きっと芽衣子姉さんとSはそうしただろうから。今月生まれの小説家は川端康成のようですね、あなたは川端はお好き？　そんな会話をしたのだろうから。萌子姉さんは、多分、これは無意識だろうけれど、芽衣子姉さんとSのそんなやりとりを妄想して、激しい嫉妬を燃やしたのだろう。

葉子姉さんが、実においしそうに、紅茶を飲んでいた。それはとても平和でゆったりとした時間のように見えた。


芽衣子姉さん、萌子姉さん、葉子姉さん。魅力的なわたしの三人の姉さん。お願い、わたしを殺して。わたしを滅茶苦茶にして。わたしは想像する。わたしにないはずのファロスを姉さんたちに弄《もてあそ》ばれる姿を。そしてやがて姉さんと一体になって、わたしは溶けて消えてしまう。多分、愛しているってこういうことなんだ、と思う。わたしはSに特別な魅力を感じたことがない。だから、Sが現れてから、わたしは姉さんたちと喧嘩することがなくなった。中立の立場にいるのだ。

でも、わたしは思う、三人の姉さんをより魅力的にしたのは、Sのおかげだ。母さんが言っていた。あのSという男が現れてから、芽衣子と萌子はすっかり仲が悪くなってしまったわねえ、葉子も二人が喧嘩するようになってから、部屋にこもりっきり。まったくうちの娘たちはどうしてしまったのかしら。あんな男、引っ越してこなければよかったのに。

でも母さん、それは違う、わたしは心の中で母さんに反論する。三人の姉さんは、もともとああいう性格だった。嫉妬深くて、秘密主義で、したたかで。わたしは逆に、Sが現れてから、姉さんたちはより魅力的になった、そう思っている。

わたしは、三人の姉さんたちと比べて、意志がない。自分というものがない。今まではそのことがコンプレックスだった。なにがしたいのか、なにが正しいのか、そういうことがまったくわからない。例えばわたしは、恋というものをしたことがない。わたしが今まで男と付き合ったのは、男のほうから交際を申し込んできた時のみだ。わたしの、わたしらしさ、個性のようなものは、三人の個性的な姉さんたちに奪われてしまったのだ。

わたしのしていることはそんなに罪深いこと？　シルクのように、三人の姉さんの色に染まりたい、と思うのは、悪いこと？　ねえ母さん、女というものは、本来、男の色に染まるものなの？　誰かの色に染まる、と言う時、それは性愛の時だけに赦されるもの？　わたしは親不孝な女だろうか。

わたしは、姉さんに飲み干されてしまう。姉さんに体を、心を愛撫されて、それでわたしの存在はなくなってしまう。姉さんが死んだら、わたしは消えてしまうだろう。死ぬのではなく、消える。それは少しも苦痛ではないだろう。わたしが透きとおっているということは、わたしにとって少しもつらいことではない。

きっとわたしが買い物かごをさげて、谷中銀座を歩いていたら、人々はわたしを指差すかもしれない。ご覧、あそこに自分を失ったやつがいるよ。あんな人間になってはならないよ、と。人というものは、自分の足で立って歩かなければならないよ、と。

わたしはどうして失望してしまったのかわからない。愛というものに、生きるということに。ただつまらないというだけ。そしてそのことに打ちのめされることもなく、果敢に一人の男を取り合う姉さんたちがとても好きだ。わたしにとって、姉さんたちは基準。わたしという人間の性格は、姉さんたちの性格になにかを付け足しただけ。なにも付け足すこともないのかもしれない。わたしは、姉さんたちのこだま。それは、とてもエロティックな経験だ。

芽衣子姉さん、わたしの首を絞めて。萌子姉さん、わたしをナイフで刺して。葉子姉さん、口移しでわたしの体に毒を盛って。わたしは近づく、少しずつ、姉さんたちに。一つになるの。溶ける氷のようにじわじわと。わたしは姉さんたちを座標軸としてファロスを描く関数だ。

わたしには、自分の物語がない。わたしの物語は、三人の姉さんによる物語だ。姉さんが笑った、姉さんが怒った。そんなことが綴《つづ》られているのが、わたしの物語。そしてわたしは、そんな姉さんたちをじっとりと観察する。妹は、常に脇役として登場する。

いつか姉さんはわたしに悪い遊びを教えるだろう。幼い頃、姉さんがそうしてくれたように。自然にするのよ、心も体も、もっとあけっぴろげにするのよ、それは少しも悪いことじゃないの。母さんはそんな遊びはしてはいけないと言うかもしれないけれど、わたしたちがやっている遊びは、きわめて自然なことなのよ。欲望に正直になっていたら、自然とわたしたちはこういう遊びをしたくなるものなの。

母さんは怒るかもしれない。わたしが死んでしまって、姉さんの中に生きるということを。だけどわたしはそうして生きていくことしかできない。この三人の魅力的な姉さんたちを目の当たりにして、わたしはわたしを失うことしかできない。

その日は突然やってきた。母さんが、葉子姉さんとSが手をつないで歩いているところを見たのだ。葉子姉さんにしては、迂闊《うかつ》だ、とわたしは感じる。恋の魔力によって、姉さんらしさが麻痺《まひ》してしまったのだろうか、と思う。

「あなたたち、一体どういう関係なの」

母さんが尋ねる。葉子姉さんは黙る。

別に母さんだって、男と交際をしてはいけない、と言っているわけじゃない。若い娘なのだから、それは当たり前のこと、母さんだってそう思っているはずだ。だけど、それがS、よりによってSであるから、母さんにはそれが気に入らないのだ。

リビングで母さんが、葉子姉さんを追及している。芽衣子姉さんと萌子姉さんが聞き耳を立てている。

葉子姉さんはしばらく黙って、やがて口を開いた。

「わたし、Sさんとお付き合いしているの」

芽衣子姉さんが泣き出して、嗚咽《おえつ》した。

「あなたたち、どこかへ行ってなさい!」

母さんが怒鳴った。

やがて母さんは、台詞《せりふ》のようなため息をついた。

「別にわたしだって、男と付き合っちゃいけないなんて言っているわけじゃないのよ。だけど、よりによってあの男じゃなくてもいいじゃないの。あなたたち三人とも、あの男が引っ越してきてから、変よ。菜菜子は別としてね。あんたたちは、近くに若い男が引っ越してきたから、なんとなく恋をしたような気がしてる。そうじゃないかしら」

違うわ、と葉子姉さんの声。

「わたし、Sさんとのことを真剣に考えているの。来年、結婚しようという約束もしたのよ」

「結婚ってあんた、まだ二十一じゃないの。これから出会いがたくさんあると思うわよ。それに、大学はどうするの?」

「やめるわ」

再び母さんのため息。

「それで、あの男はなにをやっている人なの。よく昼間に会うけれど、まさか水商売じゃないでしょうね」

「アルバイトをしながら映像作家を目指してる。将来は映画監督になるわ」

「あんた、あの男が本当に映画監督になれると思ってるの？　別にあの男だから無理だと言っているわけじゃないのよ。映画監督になれる人間なんて、ほんの一握りだってことぐらい、あんたにもわかるでしょう？」

「彼には才能があるわ。それに、彼が映画監督になるまで、わたしも働くわ」

「そんなこと。まるで貢《みつ》いでいるようなものじゃない。赦すわけないでしょ」

「Sさんと結婚できないのなら、わたし、死ぬわ」

ぱんっという音。葉子姉さんをひっぱたいたのだ。葉子姉さんが泣き出した。

冷たく、乾いているかのように思えた葉子姉さんが涙を流す。いつも落ち着いていて、姉妹喧嘩もほとんどしたことのない葉子姉さんが。一体、Sは葉子姉さんの情熱をどのように掻《か》き立てたのだろうか。そんなにあのSという男は魅力的なのだろうか。わたしにはわからない。姉さんたちを虜にしているあの男の魅力がわからない。ただ、わたしは、聞き耳を立てているしかない自分をとても残念に思う。わたしも見たいのだ。葉子姉さんの涙を。それは美しいに違いない。氷柱《つらら》から滴り落ちる、一滴の耀《かがや》き。そういうものに違いないのだ。だからわたしは想像するしかない。葉子姉さんの涙を。それは、一筋の水脈。そんなものだろうとわたしは思う。泣くと顔がくしゃくしゃになってしまう二人の姉さんとは明らかに違っているはずなのだ。

わたしはさらに想像を広げる。Sという男が葉子姉さんを泣かせる姿を。それはとても気まぐれに起こることなのではないか。自分が成功できなくて、葉子姉さんに八つ当たりする。葉子姉さんを殴る。そういうことがもしかして行われているかもしれないと考えると、わたしはぞくぞくしてくる。あるいはセックスの時、あの男が葉子姉さんを抱く。乱暴に、まるで罰を与えるみたいにして。葉子姉さんはその残酷さに涙を流す。もうやめて頂戴《ちょうだい》。これ以上のことは耐えられないわ。これ以上の快楽は。そう言って葉子姉さんは涙を流す。

だからわたしは見たかった。葉子姉さんの涙を。それは孤高の一滴《ひとしずく》であるはずだから。美しい姉さんが見せる、一片の結晶。そうであるに違いないから。わたしは葉子姉さんを想像で泣かせるために、あの男を酷《ひど》い男にする。誰も愛することはない、そういう悪意の塊のような男にする。

芽衣子姉さんと萌子姉さんはもう喧嘩をしなくなった。たしかに、二人のSを巡る争いはもはや不毛なものだった。二人は葉子姉さんに対しても、どんなひがみも、どんな意地悪も見せなかった。二人の姉さんはまるで、オルガスムスを終えてくたっとしてしまった女のようになった。三人の姉さんは、そして母さんも、なんら争うこともなく、わたしも含めて、五人でまたテレビを観たりするようになった。きっとそれぞれが別のことを考えて。

わたしは近くのコンビニエンスストアで買ったチョコレートをみんなに勧める。

「いらないわ」

と、芽衣子姉さんが寂しそうに答える。わたしは萌子姉さんにも勧めてみる。

「チョコレート？　ああそうね。食べようかしら。体にいいし」

萌子姉さんはそれを手にとって、しばらくの間呆《ほう》けている。

わたしはちらりと葉子姉さんを見る。葉子姉さんにいたっては、話しかけても答えないだろうと思うほどにテレビに見入っている。わたしはチョコレートを勧めた手を引っ込める。

わたしたちはどういうわけか、五人でテレビを観ている。わたしは、姉さんたちと母さんのことが気になってしかたがない。テレビが言っていることがまるで頭に入らない。

突然、「はぁーっ」という深いため息がテレビから聞こえる。わたしはどういうわけか、びくっとしてテレビの画面を観る。今までわたしたちは健康番組を観ていたらしい。

「この病気は、潜伏期間が非常に長いのです。発見された時には、もはや不治の病。死ぬしかありません」

どんな病なのだろう。そんな恐ろしい病だったのか。観ておけばよかったかもしれない。

普段は健康にうるさい母さんですら、ぼんやりとその番組を観ている。

「この病気になる可能性があるかどうか、ゲストの皆さんに生活習慣をメモしてもらいました」

不眠、喫煙、飲酒、油の多い食生活。それらのものはたいてい誰にでも当てはまる。

「皆さん、こんな生活をしていると、すぐにこの病にかかってしまいます。今、すでにかかっていてもおかしくはありません。定期検診をしましょう」

番組の司会者が言う。

「わたしたちも、死んでしまうかもしれないわね」

ぼんやりと、でも淡々と芽衣子姉さんが言う。

「でも人はいずれ死ぬじゃない」

葉子姉さんが答える。彼女も、うわの空で。

「あっけないわね」

萌子姉さんが呟くように言う。

姉さんたちの言葉が、雪のようにわたしの心の中に降り積もる。

わたしは心の中で問う。わたしたち姉妹に巣食っているこの病はどういうものなのだろう。わたしたちも、不治の病にかかっているんじゃないだろうか。ねえ母さん、わたしたちを何故産んだの？　女ばかりを四人も何故産んでしまったの？　うまく産み分ければ、姉さんたちはたった一人の男に魅せられることなどなかったはずなのに。

わたしは明確に、この皆が気が抜けてしまった状態を、異常だと感じる。この時間はまるで、誰かのお葬式の日みたい。とても憂鬱で、闇、と表現するしかないのだけど、とても神聖なのだ。わたしたちはいつか、新聞の地方版の三面記事に載るのかもしれない。四人姉妹、互いに破滅する、と。そう、この破滅には、わたしも含まれている。おそらくきっと、Sがわたしたちの前に現れる前から、この破滅は始まっていたんだ。女が五人、まるで近親相姦のように暮らし始めた時から。わたしたちはこれからどうやって生きていけばいいというのだろう。終わりなんだ、もうなにもかも。この先には、死しかないいんだ。わたしはそう感じる。青ざめたわたしたちに、子供たちが白い花を供える。まるでお祝いみたい。だけど終わり。子供たちはそんなこと知らないまま、無邪気にわたしたちに花をくれる。子供たちは、言うだろう。ねえ、このお姉ちゃんたち、とてもきれいだよ。そう、わかっている。わたしたちがきれいであることぐらい。わたしにも。

葉子姉さんは泣く。わたしの前でだけ。おしまいよ。もうなにもかもおしまいなのよ、そう言って。別にわたしがあの人を愛したからじゃない。ヒモのようなあの人のことを。あの人のおかげでわたしたち姉妹は変わってしまった。そのことがおしまいなのよ。葉子姉さんはそう言う。ねえお願い。あなたの前で泣かせて頂戴。あなたの膝《ひざ》で泣かせて頂戴。あなたは直感でわたしのことを知ることができるのでしょうから。もうわたしは泣くことしかできないのよ。どうしようもないのよ。

わたしは姉さんの美しい魂に触れて驚く。いつか見た、煙草を吸って、Sの前で不良のように振る舞っていた姉さんとあまりにも違うことに驚く。何故、こんなにプライドの高い姉さんが、あんな男に恋してしまったのだろう。わたしには信じられない。

理屈じゃないの。男と女というものは。そういうものなのよ。姉さんが、わたしの考えていることを見透かしたようにそう言う。わたしだって、どうしてあんな男を愛してしまったのか、わからないのよ。

姉さん、本当は純粋な姉さん。わたしは前からわかっていたような気がする。姉さんが単にしたたかで、狡猾《こうかつ》な女とは違うということを。あの男も、そろそろ気づいているはずだ。この界隈が、下町と呼ぶには、あまりにも上品であるということを。くだけた下町の女と付き合ったつもりが、そうでないらしいということを。本当にこの界隈に住んでいる人は、もう何代も前からここに住んでいる。祖父、曾祖父の代から。そしてわたしたちは、ここにやってきたよそ者に驚く。彼らは、わたしたちに下町の情緒を期待する。くだけた下町のイメージなんて嘘。本当のわたしたちの姿は、内気で人見知りなのだ。

だからわたしにはわかっている。葉子姉さんが、どれだけ無理をして、Sの期待に応えていたかということを。下町の女を演じてきたかということを。芽衣子姉さんと萌子姉さんは、よそから来たあの男を遠くから眺めるだけだった。だけど葉子姉さんは、あの男に体を預けたんだ、とわたしは思う。それは葉子姉さん自身にとっての破滅。そして母さんにとっては、おそらく汚点なのだ。

だけどわたしたちは知りたくてたまらない。この界隈へやってきた人間のことを。この人は、わたしたちの住みかで下町らしいものを見つけたのかしら。文人の町とは言われているけれども、いまだにその情緒は残っているのかしら。

今ごろ、あの男は「オー・ド・ヴィ」で飲んでいるのかもしれない。こんな夜更けに三崎坂《さんさき》を登って、墓地の近くまで行くのかとわたしは思う。あそこへ行くのは、よそ者だけなのではないか、と。

お願い、今日はわたしと一緒に寝て頂戴。孤独に強かった葉子姉さんがそう言う。わたしはタンクトップ姿で、昔、よくしたように姉さんのベッドにもぐりこむ。わたしは興味津々でSについての質問を姉さんに浴びせる。あまりにもぶしつけではないか、というぐらいに。姉さんたちはどこでデートしているの？　セックスは週何回しているの？　そんなことまで。

あの男はいまだに、観光気分なのよ、と姉さんが答える。この町が珍しくて仕方がないみたい。近所に旧安田《やすだ》楠雄《くすお》邸《てい》が公開されているでしょう？　休日にあそこへ行こうって言われたわ。わざわざお金を払って。馬鹿みたい。島薗邸《しまぞのてい》にも行きたいって言ってたわ。あそこで今度、コンサートがあるらしいのよ。

そして姉さんはこう続ける。

セックスの回数は次第に増えていったわ。大事にしてくれたのは最初だけよ。簡単にわたしとやれると思ったらしいのよ。この界隈の人間がどういうものか知らないみたい。下町と下卑《げび》た町の違いのわからない男よ。下町の女を娼婦みたいに思っているのよ。この界隈の男のほうがよっぽど大事にしてくれるわ。

多くの人がわたしたちの町に典型的な下町のイメージを持って接してくるので、わたしたちは戸惑う。本当のこの町は、そのイメージとはかけ離れたものだ。閑静な住宅街の中に根津神社の広大な土地が横たわっている。まるで空白のように。そこには、外国人と日本人観光客が地図を持ってやってくる。わたしたちはここで、小学生の頃、写生をした。その頃にはわたしたちはなにも感じなかった。わたしたちはなにもわかっていなかったのだ。今考えると、葉子姉さんの不幸はそこからはじまっていたのだ。


しばらくして、葉子姉さんとSはとうとう公認の仲になった。母さんが二人の仲を裂くことを諦《あきら》めたのだ。Sはデートのたびに我が家まで葉子姉さんを迎えにくるようになった。Sはいかにも好青年らしい、こざっぱりとした恰好《かっこう》をしていたが、それでも姉さんたちは、不良のように彼を怖がった。他の姉さんたちは、もうけっしてSと触れ合おうとはしなかった。Sが葉子姉さんを迎えにくると、わたしたちは部屋にこもっていないふりをした。

芽衣子姉さんは、Sがやってくるたびに情緒不安定になって、わたしの部屋へやってきた。わたし、なんだか怖いわ、芽衣子姉さんは言った。あの子は本当にSさんとお付き合いしているのね。芽衣子姉さんはＳに焦がれていたことを忘れたかのようにそう言う。わたしはそんな芽衣子姉さんを抱きしめる。大丈夫、なにも怖いことなんてないわ。姉さんの華奢《きやしや》な体つきはとても女らしい。わたしには芽衣子姉さんの未来が見える。彼女は数軒先に住んでいる幼馴染と結婚するだろう。

芽衣子姉さん。無垢《むく》な人。彼女はもう三十二になるというのに、一人ではなにもできない。料理も、洗濯も。芽衣子姉さんの下着は母さんが洗う。これでいいのだ、芽衣子姉さんはこれでいい。小さい時からそう思っていた。近所の人が芽衣子姉さんのことをどう思っているか、わたしたちは知らない。ただ、芽衣子姉さんは親孝行な娘だとピントの外れたことを言うおばあちゃんが、隣に住んでいる。家族で暮らすのが一番いい、だから芽衣子ちゃんは親孝行なのだと、彼女は言う。

葉子姉さんとＳとが公認の仲になっても、芽衣子姉さんは妬《ねた》むということはしなかった。妬むことが当然なのに、彼女は妬むことを知らない。妬むという感情が欠落してしまっているかのようだった。芽衣子姉さんは、葉子姉さんのことが心配だと言った。ねえ菜菜子、わたし葉子が遠くへ行ってしまうような気がするわ。なんだかとても寂しい、そして恐ろしい気持ちなの。なんだかとても悪いことが起きるような気がして仕方がないの。

芽衣子姉さんはSと葉子姉さんが公認の仲になってから、怖い夢を頻繁《ひんぱん》に見るようになった。今では、神経科でハルシオンをもらって飲んでいる。芽衣子姉さんは怖い夢を見るたびにわたしを起こす。ねえ菜菜子、わたしまた怖い夢を見たわ、Sに殺される夢を見たの。とても嫌な気分よ。わたしは蜂蜜《はちみつ》をお湯で薄めて飲ませてやる。大丈夫、なにも怖いことなんてないわ。わたしはそう言う。あんな男といつまでも続くわけがないもの、葉子姉さんだってわかっているはずよ。

本当に？　芽衣子姉さんはわたしを見つめる。姉さんは、直感的に人の嘘を見抜く力がある。だからわたしは芽衣子姉さんの目をじっと見つめる。自分の言ったことが本当であると証明してやるのだ。

芽衣子姉さんは、わたしが本当のことを言うまで不安から抜け出せない。嘘をついているからといって、あんた、今嘘をついたでしょう、とは言わない。きっと自分でも、嘘を見抜いていることに気づいていないのだ。ただ、不安で、納得しがたい、芽衣子姉さんはそうやって漠然と嘘を見抜く。

芽衣子姉さんを見ていると、Sが選んだ女が彼女だったら、と考えることがある。そなにも知らない、華奢な女のスカートをSがまくりあげて、ショーツを奪うのだ。そんなことをしたら、芽衣子姉さんの精神は破壊されてしまうだろう。わたしはそんな残酷な想像に快楽を覚える。

芽衣子姉さんは、きっと白痴なぐらい純粋なのだ。芽衣子姉さんはいつだって本当のことを知っている。だけど芽衣子姉さんは、そのことを知らない。自分が本質を知っているということを知らないのだ。家族に嘘があると、芽衣子姉さんは怖がる。だけど自分が怖がっている理由を芽衣子姉さんは知らない。

芽衣子姉さんの貞節は勿体《もったい》ない、とわたしには感じられる。ふと、なにかの気まぐれで、芽衣子姉さんは貞節を失ってしまいそうだ。わたしはそう考えると気分がよくなる。

本当は、Sには芽衣子姉さんのほうがふさわしいのかもしれない。芽衣子姉さんの痩せっぽちの体は、男の情欲を掻き立てるものだ。葉子姉さんへの情欲とはまた違った種類の。

わたしは時々、芽衣子姉さんに残酷なことを言いたくなる。芽衣子姉さんは外国へ売られる身なのよ、娼婦として、あなたの運命はそうなっているのよ、わたしはそんなふうに言ってみたくなる。芽衣子姉さんは馬鹿だ。そんなことも真に受けてしまいそうなほどに。

わたしは男が芽衣子姉さんをいつ抱くのだろうと想像する。Sが葉子姉さんにするようなことをするのだ。

白い鳩を血で染めるようにして。

それからしばらくして、芽衣子姉さんはまた、たいやきを買ってきてくれた。Sの奢りではなく。

あのたいやき屋には、まだ、下町まっぷが置いてあるの？とわたしは尋ねる。

もうないわ、と芽衣子姉さんは答えた。この前、下町まっぷが置いてあった時は連休中だったから、たまたまあったのよ。やっぱり観光客向けだったのね。

ああ、わたしは思う。この町は、休日の時にだけ観光客用の顔をする、と。

わたしは想像する。Sが葉子姉さんと一緒に黄金たいやきを食べる姿を。そしてそれは休日中の出来事。だから、Sが下町まっぷを手にする、そんな姿を。その姿を想像して、わたしはどういうわけか、Sのことが憎くなる。

ねえ、菜菜子、わたし、今まであなたに頼りすぎていたかもしれないわね。わたしが泣くたび、あなたは必ずわたしにティッシュペーパーを持ってきてくれる。菜菜子、あなたは本当にしっかりした、いい妹だわ。わたしには勿体ないぐらいよ。Sさんのことも、最初はわたし、やきもちを焼いていたわ。そういう時、あなたは必ずわたしを慰めてくれた。わたしに、蜂蜜を飲ませてくれたわね。ティッシュペーパーだけでなく、蜂蜜まで。夜中までわたしに付き合ってくれたわね。だけどわたし、もう葉子に嫉妬することをやめたのよ、芽衣子姉さんは言う。葉子がSさんと結婚するなら、わたし、祝福するし、長女のわたしが、結婚式の準備を率先してやらなければならない、そう思っているの。葉子は色が白いしグラマーだから、胸が大きく開いたドレスがいいと思っているのよ。それから、白いバラで飾ってあげなくちゃ。さぞきれいでしょうね。

長女でありながら、まるで末っ子みたいな芽衣子姉さん。華奢で、頼りない、逆境におかれたら、すぐにくじけてしまいそうな姉さん。あなたの心にどういう事件が起きたというのだろう。どういう気まぐれがあなたを襲ったというのだろう。

芽衣子姉さん、葉子姉さんを癒して。あなたのように、かよわい女性ができるのは、きっとそれぐらいのことだわ。観光客としてやってきたあの男に付き合わされている葉子姉さん。もういや、あんな男、うんざりだわ。小さい頃から知っている町を巡るのも、もう耐えられないわ。そう言って、発作的に泣き出す葉子姉さんに膝を貸してあげて。そして芽衣子姉さん、一緒に泣いてあげて。その顔をくしゃくしゃにして、葉子姉さんよりずっと見苦しい顔を見せてあげて。

だけどまだ、その時はわたししか見抜いていなかった。葉子姉さんがあの男にいかにうんざりしているかということを。そしてわたしは、そのことを誰にも告げなかった。葉子姉さんが、うんざりしていても、あの男と破局を迎えることには、戦々恐々としていることを。わたしは、その矛盾をどんな言葉にしたらいいのか、まだわかっていなかったのだ。

だけど芽衣子姉さんは、葉子姉さんがSと結婚して、いかに幸せになるか、そのことばかりを言っている。Sさんはいつか立派な映画監督さんになるのでしょう？　そんなことを言っている。母さんは葉子が貢いでいると言っていたけれども、そんなことないわよね。葉子は投資しているだけよね。だって葉子に限って、あの葉子に限って、駄目な男に貢ぐなんて考えられないもの。葉子は小さい時から、人を見る眼があった子だもの。

芽衣子姉さんはよく知らない。男と女がどういうものなのかを。性愛というものがどういうものなのかを。だけど芽衣子姉さんはそれでいい。わたしだって知らないし、知りたくもない。葉子姉さんのことはわからなくていい。特によそ者との恋愛なんて、芽衣子姉さんにはもってのほかだ。わたしだけが心の中で、芽衣子姉さんを犯す。そうすることによって、わたしは芽衣子姉さんを独占するのだ。芽衣子姉さんは、よそ者のSには勿体ないぐらい、高貴ないい女なのだから。

珍しく、葉子姉さんが「花家」へ行きましょうよ、とわたしだけを誘った。わたしたち姉妹はそこで、ジャンボ餃子と季節はずれのカキ氷を注文した。この店には一年中カキ氷があるのだ。この場所はSにも秘密なの、と彼女は言った。何故かはわからないの、ただ、この場所だけは守りたかった、そんな気持ちになったのよ。谷中へ来た時は、「ザクロ」へ行くの。だんだん坂より先へは行かないのよ。

わたしたちは一皿ずつ、ジャンボ餃子を注文した。

大きいわね、と葉子姉さんは言った。ここの餃子、こんなに大きかったかしら。小さい頃から食べているのだから、小さく感じてもいいはずなのに、ここの餃子だけは、来るたびに大きくなっている、そんな気がするわ。

わたしたちは五つあるジャンボ餃子の二つをお互い残した。すると姉さんが笑って言った。

わたしたち、これ一皿でよかったみたいね。ほとんど一皿ぶん残っているじゃない。

それからわたしたちは店を出て、手をつないでだんだん坂を降りた。姉さんのふっくらした手がわたしの手を包んだ。それは昔と変わってはいなかった。だけど、わたしは、なにかが変わってしまった。そう感じた。

するとわたしは、どういうことだろう、眼球に痺《しび》れのようなものを感じた。そして、その痺れがなくなると、涙の粒となり、それが頬《ほお》をつたった。

わたしは、葉子姉さんを抱きしめた。葉子姉さんもわたしを抱き返した。怖いのね、と葉子姉さんは、わたしに言った。この感情を怖いというのだろうか、わからなかった。だけど勘のいい姉さんのことだ。きっと、わたしより、わたしの感情について知っているに違いない。

葉子姉さんの、怖いのね、という声も次第に涙声となった。わたしは葉子姉さんを見つめる。そして葉子姉さんの唇の真ん中に、まともに接吻したくなった。それは恋人同士がする接吻のことだ。なぜ、接吻したくなったのか、それはどうしてかはわからなかった。同時にそれをするべきではない、とも思った。そのことも何故かはわからなかった。わたしが抱いている、三人の姉に対する非常識な感情は、いつ、表面化してもいい、そのはずだった。わたしはだいぶ前からこの非常識な感情を発見していて、それはおそらく姉たちも気づいているはずだった。わたしたちは、いつか愛し合うだろう、わたしはそのように考えていたはずなのに、なぜか、今の葉子姉さんに対しては、それがためらわれた。

わたしはふと、考えた。怖い、という感情は、わたしが、葉子姉さんに接吻してはいけない、そのことに気づいたから怖いのではないかと。なにをしてもいい、もうそんな無邪気な時期を、わたしは終わろうとしているのかもしれない。

わたしは、次々と涙を流していた。姉さんたちとキスをしたほうが、きっともっと泣けてくるだろう、わたしはそう思っていた。だけどそうではなかった。姉さんたちとキスができない。そのことのほうが、泣けてくるのだということを知った。

だいぶ長い間、わたしは泣いていた。姉さんはあの薄桃色のハンカチをやさしく目に当ててくれた。柔らかくて、いい匂いがした。今、そのハンカチは男を惹きつけるためにあるのではなく、妹に、この卑猥な感情を抱いている妹に、まるで癒すように与えられたのだ。葉子姉さんは狡い、男はどういうわけか、葉子姉さんに惹かれる。だけど、もう葉子姉さんはそんな狡い姉さんではない。葉子姉さんは、男を魅了する姉さんではなく、普通の姉さんになってしまった。それなのに、わたしを癒すことができる。葉子姉さんはなんて強いのだろう、とわたしは思った。普通だったら、男によって普通の女になってしまったら、魅力がなくなってしまう。だけど葉子姉さんは違うのだ。

萌子姉さんが、どういう気まぐれだろう「映画館」にわたしを誘った。そのことに不思議な違和感をわたしは覚えた。「映画館」は母さんのテリトリー、そんなふうに感じていたからだ。

萌子姉さんは、そこでラムを、わたしは、レモネードを注文した。わたしたち二人は、二人とも電気ブランを注文しなかった。

「今日はね、あなたにどうしても見せたいものがあって、あなたを呼んだのよ」

そう言って萌子姉さんは、小さなアルバムを見せた。そこには、赤ん坊のわたしと、幼い三人の姉たちが写っていた。

「あなたが生まれた時ね、わたしたちは本当に嬉しかったのよ。だけど、特に喜んだのは、葉子だったわ。自分にも妹ができる、そのことが嬉しくて仕方がなかったみたいなの。あなたの菜菜子という名前は、葉子がつけたのよ」

萌子姉さんはこう続けた。

葉子は自分によく似た妹がほしい、そう言ったの。わたしたちは、名前も顔もよく似ている。最初にそのことに気づいたのは、葉子なのよ。

わたしは、そのアルバムをぺらぺらとめくった。すると萌子姉さんが、葉子姉さんにまたがっている写真を見つけた。萌子姉さんが性感帯の乳房をわたしに押しつけたように、この時は、もう一つの性感帯であるクリトリスを葉子姉さんにこすりつけていたのではないか、わたしはそんなふうに想像した。

ねえ菜菜子、葉子は大丈夫なのかしら、萌子姉さんは言う。あんなよそ者と、愛し合って大丈夫なのかしら、と。萌子姉さんは、葉子姉さんが交わることについて言っているのだ。それはもう、問いたださなくてもわかる。

萌子姉さん。小さい頃から、女の性感帯はクリトリスだと知っていて、それを妹にこすりつけていた姉さん。こんな姉さんでも、よそ者と交わることは怖いのだ。

いや、違う、とわたしは心の中で否定する。違うんだ。姉さんは、わたしたちが姉妹だからこそ、わたしたちに性感帯をこすりつけることをするんだ。萌子姉さんはよそ者にそれをすることは、あるいは地元の男にも、できないのかもしれない。

萌子姉さん、彼女は、心と体は同じだと言っていた。萌子姉さんもわたしと同じ、男なんかより、わたしたち姉妹を愛しているのかもしれない。そして萌子姉さんは、男と女がするようなことを、わたしたちにもするのだ。

ねえ菜菜子、わたし、本当にあなたたちのこと、愛しているのよ。

萌子姉さんは、そう言って、わたしの手を握りしめた。

愛を表現する方法を知らなくて、肉体をもてあましていた萌子姉さんが、愛を言葉にした。わたしは今まで、萌子姉さんの背中だけを見ていたような気がする。どんなことがあっても、先に進む姉さん。姉さんは臆するということをしない。だけどわたしは今、そんな萌子姉さんの優しさに触れている。萌子姉さんが振り返って、わたしを抱きしめてくれた。そんな萌子姉さんの、繊細な愛情に触れている。

　萌子姉さんは今まで本当に不器用だったと思う。聖母のような慈愛も、エロスによって表現していた。だけどわたしは今、感じている。萌子姉さんほど純粋で清潔な女はいない、と。

　萌子姉さん、葉子姉さんに今言ったことを伝えればいいのに、きっと葉子姉さんは喜ぶだろう。萌子姉さんが、ふと感極まり、改まって愛していると言ったこと。その愛情表現は、葉子姉さんには伝わるはずだ。だけどきっと萌子姉さんは怖いのだ。愛を拒絶される、ということが。わたしが男だったら、あんたを犯したいわ、今までそういう愛情表現しかしてこなかった、繊細な姉さんのことだから。

　いつしか、萌子姉さんは、いつもの彼女に戻るだろう。わたしたち姉妹に、自分の性感帯をこすりつけてくる彼女に。だけどわたしは、忘れはしない。彼女が、実に無垢な愛情を持っているということを。

　萌子姉さんは知らない。自分がどんなに純粋かということを。わたしも、そのことを萌子姉さんに伝えることができない。

わたしと母はいつものように夕飯の買い物をするためにクイーンズ伊勢丹へ行った。今日はパエリアにしようかしら、母はそう言って、サフラン、パプリカ、ムール貝などを次々とかごに入れていった。

精算を済ませると、やっぱりパエリアの日は材料がいっぱいになっちゃうわねえ、ちょっと休んでいきましょう、と言って、母は私を喫茶店へ誘った。

わたしたちはコーヒーを注文した。母はなにもしゃべらない。ブラームスの交響曲が流れていた。重厚な響きが地鳴りのように心を揺さぶったが、不思議と不安にはならない。成功したい、恋愛を成就させたい、そんな誰もが考えるような願望を音にした、健全な情熱を連想させた。

やがてコーヒーが来る。この喫茶店のコーヒーは熱いことで有名だ。母は瞼《まぶた》を痙攣《けいれん》させてそれを飲んだ。

「ねえ、菜菜子、葉子のことなんだけどね」

母はコーヒーの熱さに耐えられなくなって、水を飲む。

「別れたらしいのよ、あの男と」

わたしは黙ってコーヒーを飲む。想定された展開だった。

「今後、これに懲《こ》りてあんな変な男に引っかからないといいんだけどねえ」

それは不可能でしょう、という言葉をわたしは心の中で呟いた。変な男には変な男の魅力があり、大抵の女はそれに騙《だま》されてしまうのだから。そして、葉子姉さんはその大抵の女のうちの一人なのだから。そしていつかまた別の変な男のものに、とうとうなってしまうだろう。そのことは予想がついている。葉子姉さんは、他の姉さんよりも少し成長が早かっただけ。きっといつか残りの二人の姉さんもそうなる。だけどわたしは母に言いたい。変な男のものになったからといって、どこが穢《けが》れたというの？と。わたしは母さんのことですら穢れたとは思っていないのよ、と。人間の肉体というものは、冒瀆《ぼうとく》された程度ではきっと穢れないのだ、と思う。

わたしには、想像できる。それぞれ、相手を見つけた姉さんたちの姿。結婚して、子供を生んでも、まるで少女のように争う彼女たちの姿。天使たちのようにじゃれあう彼女たちの姿。肉体だけじゃない、精神が穢れる軽蔑に遭《あ》っても、いつしか、時が経ち、波に打ち上げられた時、その過去のことを思い出す、老婆になった美しい彼女たちの姿。

ブラームスが流れている。それは演歌のように涙をさそう節回しだ。少し若い時には嫌悪していた旋律だと思った。だけど、今は、そのフレーズの必然性がわかる気がした。

母と、わたしたち四人の姉妹は、またリビングに集まるようになった。Sについて語る者はもういなかった。

その日は、我が家に口紅の試供品が届いた。パレット状になった少量の口紅が、丸く、ボール紙の上にのっている。そんなものを、芽衣子姉さんが持ってきて、テーブルに置いたのだ。

芽衣子姉さんは、すぐにリップブラシを取り出した。萌子姉さんは、ただ指に口紅をつけて遊んだ。葉子姉さんは、ボール紙に書いてある「秋の新色6色」という箇所を首をかしげて読んでいる。わたしは、その三人の姉さんを惚れ惚れと眺めていた。

母が「フライ・ミー・トゥー・ザ・ムーン」を歌いだす。それは、木枯らしのような旋律だった。そしてわたしは、どうしたことだろう、そういえば、この歌は娼婦が歌うものではなかったか、と考えだしたのだ。すぐにわたしは、そんなはずがない、もし、この歌が、娼婦のものだとしたら、わたしたち、四人の娘の前で歌うだろうか、と思い直し、するとたちまち記憶が曖昧《あいまい》になった。

　六年前、母はわたしたち四人の姉妹を呼んでこう言った。

「あんたたち、よく聞きなさい。母さんと父さんは、離婚することにしたわ」

　途端に、芽衣子姉さんは泣き出した。萌子姉さんは思わずそんな芽衣子姉さんを抱きしめた。葉子姉さんは、淡々とした表情をしていた。わたしはというと、そんな三人の姉さんたちを見て、また修羅場が訪れるのかと考えて、ぐったりしていた。

「二人が決めたことだから構わないけど、一応理由を聞いておきたいわ」

　萌子姉さんは悔しそうに言った。一体、萌子姉さんはなにが悔しかったのだろう。母さんと父さんの離婚ではない。おそらく、芽衣子姉さんが泣かされたことが悔しいのだ。

「理由なんてわからないわよ」と母さんが言った。「じゃあ、あんたが男と別れる時は、理由があるの?」

　萌子姉さんは黙り込んだ。

「いろんなことが、積もり積もって、次第に気持ちが離れていくんじゃないの? 男と女というものは」

　それを聞いて萌子姉さんも泣き出した。母さんの言うことが、真っ当だったから。

　母さんは、わたしたちをけっして子供扱いしなかった。親というものは、子供の性の芽生えをだいぶ遅く考えるものだ。だけど母さんは違っていた。わたしたちを最初から女として扱った。だから、わたしたちが、様々な理由が積もって男と別れるように、自分も父親と別れる。そう言ったのだ。

「ねえ母さん、」と萌子姉さんが言った。「父さんに酷い目に遭わされていたの？　だったら話して頂戴。わたし、父さんを訴えてやるわ」

「酷い目なんて……」母さんが涙を拭った。「酷い目なんて、遭っていたに決まってるじゃない。だけど、たくさんありすぎて、思い出せないだけよ」

それからしばらくして、わたしが葉子姉さんの部屋を訪れた時、葉子姉さんはこう言ったのを覚えている。

「父さん、母さん以外に好きな人がいたのよ」

わたしは驚いた。

「でも、どっちが悪いかなんて、決められないわ」

葉子姉さんは、机の引き出しをまさぐった。

「わたし、今度、父さんの新しい奥さんに会うの。もう何度か会っているのよ」

「姉さんはそれでも、我慢できるの？」

「ええ、いい人なのよ。父さんが、彼女も好きだけど、母さんも好きだって言っていたわ。だから、母さんが悪いわけじゃないと言っていたわ」

　葉子姉さんは窓を開けて煙草を吸い始めた。

「煙草は嫌い？」

「大丈夫よ」

　嫌いだったが、わたしはそう答えた。

「姉さん、いつから煙草を吸うようになったの？」

「いま、付き合っている人が煙草を吸っているの。煙草は好きではなかったんだけど、知らないうちに覚えてしまったわ」

　姉さんは長い煙草の火をすぐに消した。

「ねえ、菜菜子。あなたはわたしを軽蔑している。そうでしょう？」

　わたしは驚いて首を横に振った。

「いいの。わかっているから。あなたは簡単に男に染まるわたしのことを嫌悪している。そうでしょう？」

「姉さんが嫌なんじゃない。わたしは男と女というものが嫌なだけ」

「わたしも嫌よ。本当はね」

　葉子姉さんは新しい煙草に火をつけた。

「わたし、時々、二人の姉さんがうらやましくなる時があるの。二人が喧嘩するのもうらやましいし、男ってものに理想を抱いているのもうらやましい。わたしはすっかり幻滅してしまっているもの」

それでも彼女は恋愛を繰り返すのだろう。葉子姉さんは、理屈では割り切れない部分をたくさん持っている人だから。

姉さんたちは、それぞれ好みの色、芽衣子姉さんはピンク色の、萌子姉さんはブラウンの、葉子姉さんは色のついてないグロスを選んだ。

萌子姉さんと葉子姉さんもポーチからリップブラシをとりだすと、熱心に口紅を塗り始めた。三人は、小さな手鏡を奪いあった。燃えるような情念を、ただ一点、口紅という小さな一点に、注いでいるようだった。それはかつてSが迷いこんだ、根津神社の競いあうあの花々に似ていた。鏡をのぞきこむ姉さんたちは、自分自身が欲しくてうっとりしているようだった。

だけどそれはいつもの光景。姉さんたちは自分を欲しいと思っても、つかめないでいる。

三人は、それぞれの姉妹たちが塗っていた色をとりあい、新たに塗り直しては鏡をのぞきこむ。それは、いくつもの顔を持つ諸聖人たちのステンドグラスのようで、自分たちが、芽衣子、萌子、葉子のいずれかなら誰でも構わないと言っているようだった。

「芽衣子姉さん」

わたしは話しかけた。

すると、

「ごめんなさいね。今はちょっと相手ができないの」

と、顔も上げずに芽衣子姉さんは言った。

「向こうでテレビでも観ていたら？」

萌子姉さんまでそんなことを言う。

葉子姉さんときたら、わたしに返事すらしない。

わたしは母親に言う。

「ねえ、母さん、わたし退屈だわ」

「本当に」母親がため息をつく。「この子たちは化粧になると、本当に夢中になってしまうんだから」

母親は嬉しそうにそう言った。

テレビでは、天気予報をやっていた。「今日は、雲一つない青空です」女性アナウンサーがきっぱりとそう言った。それは、雲一つない青空を、そしてわたしの鼓膜を突きさすような声だった。わたしは、ソプラノ歌手がアリアを歌った時にもそう感じる。それは女たちの残酷な掛け声なのだ。

「終わったわ」

萌子姉さんが、芽衣子姉さんと葉子姉さんを連れてわたしのそばへやってきた。

「どう?」

と萌子姉さんが言う。きっと三人のなかで、誰が一番美しいのか、と訊きたいのだ。芽衣子姉さん、葉子姉さんもそれを否定しない。二人も知りたいのだ。今、三人のなかで誰が一番美しいのかということを。

「萌子の色はちょっと地味よ」芽衣子姉さんが言う。「だいたいあなたはファッションからいって地味だわ」

「失礼ね」萌子姉さんが怒る。「芽衣子姉さんの口紅は派手すぎるわよ。年を考えたら?」

「二人とも、人のことなんて関係ないじゃない」

葉子姉さんが言う。

「萌子、あなたは少し感じが悪いところがあるわ。冬にあげたスウェードのミニスカートを返してよ」

　すると萌子姉さんが負けずに芽衣子姉さんに言う。

「あれは姉さんが自分の年にはもう派手だからって、わたしにくれたんでしょう?」

「だけどあれは初めてわたしがパリへ行った時、古着屋で買ったものですもの。思い出にとっておくわ。返して頂戴」

「思い出にとっておくなんて馬鹿げてるわ。もう姉さんは、ミニスカートが似合う年じゃないわよ」

「なんですって」

　二人はつかみあいの喧嘩になる。

　芽衣子姉さんがもう少し若い頃、そのミニスカートにロングブーツをあわせていた。それは芽衣子姉さんにとてもよく似合っていた。しかし、そのスカートが萌子姉さんの手にわたった時、萌子姉さんは、まったく同じブーツを探してきて、履《は》いて見せたのだ。

　葉子姉さんと母さんが、あんなことしなければいいのにねえ、萌子がやったことは少し嫌味よねえ、と言っていたことを覚えている。

「そういうことがあるから、わたしは姉さんたちのものは使わないの。化粧品でも、洋服でも。どんなに小遣いがなくても、自分のものは自分で買うのよ」

と、葉子姉さんが言った。

「ともかく」と萌子姉さんが言う。「このなかで誰が一番美しいか、菜菜子に決めてもらいましょう」

ようやく、女たちは黙り込んだ。

「三人とも、皆、きれいだわ。だから喧嘩なんてやめて」

わたしの答えなどわかりきっている癖に、姉さんたちはこんな意地悪な質問をする。

「まあ、浮気ものね」

萌子姉さんがそう揶揄《やゆ》した。

「本当にあなたたちは」母親がため息をつく。「争わないと生きていけないの?」

「そうかもしれないわ」と、葉子姉さんが言う。「わたしたちは争わないと生きていけないのかもしれない。三人で争うのは、楽しいわ」

「菜菜子」

そう言って、萌子姉さんがわたしの背中に抱きつき、キスをした。わたしの頬に萌子姉さんの口紅の跡がついただろう。わたしは、思わず下を向いた。

「萌子ばかりずるいわよ」

そう言って芽衣子姉さんは、わたしの額《ひたい》にキスをした。

「わたしも」

葉子姉さんがわたしの手の甲にキスをした。

わたしはとたんに恥ずかしくなり、いてもたってもいられなくなった。頬が熱くなり、どこかに隠れたいけれども、隠れられない。そんな感じだった。どうしてだろう。三人の姉さんたちとわたしとの饗宴《きようえん》。それをずっと望んでいたのはわたしのはずなのに。それは、ずっと叶《かな》わないと思っていた神聖な夢のはずだったのに。姉さんたちは、なんてある気まぐれで、この神聖な儀式を簡単に実行してしまった。姉さんたちは、なんてあざとく、不浄で、それでいて、美しいのだろう。

きっとわたしは、三人の女たちの悪意の接吻に耐えられなかったのだ。そう思った。

萌子姉さんがわたしの背中を抱きしめた。

「ねえ、菜菜子。あなたも塗ってみなさいよ」

「嫌よ」とわたしは答えた。「わたしは興味がないもの」

「グロスだけならいいじゃない」芽衣子姉さんが言った。「ねえ、葉子。菜菜子に塗ってあげてよ」

「そうね」

葉子姉さんが、リップブラシにグロスを取った。

私は、芽衣子姉さんと萌子姉さんに押さえつけられた。わたしの唇に葉子姉さんが、グロスを塗り始める。唇がべたべたしているのを感じたが、幼い子供がやるあの官能的な遊び、お医者さんごっこの類にも似ている感じがして胸が高鳴った。

「さあ、菜菜子」

萌子姉さんが、わたしに手鏡を渡した。

「きれいになったから見てご覧なさい」

そう言われて恐る恐る鏡を見てみたが、なんの変化もなかった。

わたしは、姉さんたちが部屋に戻ってしまってから、もう一度手鏡を見た。口紅をおとすためだった。ティッシュを手にとり、拭おうとした瞬間、わたしはためらった。この唇。それは葉子姉さんの唇だと思った。葉子姉さんが煙草を吸う時に、煙草に口紅の色がついていないのは、グロスだけを塗っていたのだと気づいた。

わたしはその唇に魅せられて、そっと指を触れた。グロスでしっとりとした唇が、心地良かった。わたしは、この時を忘れることはないだろうと思った。葉子姉さんによく似た自分を発見した、この日を。やがてわたしは葉子姉さんのような女になる。したたかで矛盾だらけの女になるのだ。

わたしは鏡をしみじみと見た。やはり葉子姉さんによく似ている。これからはきっと他の姉さんたちの面影も取り込むことになるだろう。山の手と下町の顔を持ったこの町は、貞潔と放埒《ほうらつ》の顔を持ち合わせたわたしたち姉妹そのものだった。その二つの顔は永遠に失われることはないだろう。いつか、よそから来た、どうしようもない男の腕の中でも。

解説　ごく個人的な、鹿島田真希の小説世界について思うこと、色付きの夢。

鳥飼　茜

個人的に思うことをあれこれ書くにあたっては先ずこの素晴らしい小説を手にされている読者の皆様に私の正体を手短に説明したい。

私はふだん漫画を描いて食を繋いでいる。つまり言い訳になると良いのだけど、文章を書くことは、はっきりと苦手といってしまいたい。

にもかかわらず私が解説を書かんとしているのは、日本語文章が夢のように達者な鹿島田さんの小説について、なのである。

なぜこんな窮地に自分が立っているのか、もはやよく思い出すことさえできないけども、これより少々お付き合い頂く皆様にはここで先に頭を下げておきます。

いま何の気なしに鹿島田真希さんの文章を「夢のよう」と形容してみたけど、その言葉は何とも良い塩梅に彼女の小説世界を表していることに私はちょっと感動した。だって本当に、夢のようなのです、何もかも、そのぼんやりと光るような美しさも、数分先が予測できないような、あるいはもっとずっと前から勘づいていたような、じんわりと続くおそろしさや不安も、すべて嘘で出来ていることが隠す必要もなくそこここに表れているのに、それをすんなりと飲み下してしまうような、おかしな説得力。

これもまたかなり個人的な話になるけども、何を隠そう私は夢の中にひとつの街を持っている。

ほとんどいつも、私の夢のできごとはその街で発生する。ある角を曲がれば飲み屋街があって、その一角には最近お気に入りのピンク色の照明が妖しいバーがあって、大きな坂のバス道を行くと百貨店的なものもある。幾度もそこを訪れた夢の中の私はその地図を知っている。かなり明瞭に曲がり角の先の所在がわかっている。夢の中で起こる出来事がたいがい支離滅裂であるのは皆同じだと思うけど、実はこの街的空間も、夢の中でしか把握できない程度に磁場が狂っている。夢の中の空間も文脈も、夢のもつ公式をもってしか飲み干せない。目覚めた後の現実に、それを定義できるものさしを私達は持ち得ないのだ。

と、そんな夢の不条理を、小説という形で目覚めている私にぽんと見せてくれる作家さんが、私にはすごく神秘めいて見え、また彼らのつくる夢のような小説が、私はとても好きで、大好物なのです。夢を食べる獏はさぞ幸せだろうと思えるほどに、それは美味しい。

作家として、同じような顔をして並ぶ自信はないけれども、「カラ」のものを「作品」として意味有りげに仕立てるお仕事は嘘をつくのと殆ど同じであると私なぞは思っていて、その罪悪感からか（?）、いかにその「カラ」を「ホントのようなモノ」として読み手に訴えられるかを考えてしまう。

そんな私みたいのをさしおいて、「カラ」の箱を「これは嘘だし、つまって見えるものも実はカラですから、皆さん好きなように、見て下さい」と、堂々と差し出す作家たちがいる。彼らが描くその嘘の中身があまりにも色鮮やかで目が眩んでしまう時、その創造主を天才、といってしまって良いと思う。

色付きの夢を見る人はふつうと違う才能があるとかそういう文言を何かで見た（そして勿論小躍りした）ことがあるけど、色付きの夢を描くには、もっともっと大変な才能が要るのだ。

そこには別に現実ぽい会話は要らないし、知人に似た人物が現れる必要もない。徹底した嘘をみているのに、心を粟立たせることばが溢れている。

表題作「冥土めぐり」では、そこで運ばれるエピソードが一見嘘だらけには見えない。

不満げな主人公の女、勤め先での単調な仕事、可もなく不可もなかった夫に突然訪れた不幸、世にもよくある面倒な家族の存在。これだけ手堅く現実味たっぷりの手駒を用意しながら、鹿島田真希氏はそれらを巧妙な配置で一篇のあまりにリアルな色付きの夢に仕立てた。私たち読み手は、愁いの主人公、奈津子のとある短い旅に同行するわけだけれども、その旅はどこまでも切実で、同時に現実感を欠いている。なにかがおかしい、一体なにが、と目線をふと下げてみると、その理由に気づく。旅する奈津子と私の足下が、ほんの少しだけ、地面から浮いているのだ。考えてみればそのはずで、だってこの旅は「冥土めぐり」なのだ。本来ならそこへ行ったが最後、来世の時が迎えるまで帰っては来られないはずのあの世を、まるで城崎の外湯を「めぐる」かのように、ふわりふわりと、かつ粛々と、旅して回る物語なのだ。

この旅が「冥土めぐり」と題された核なる理由は、作品を読み進める中できっと触れることができたと思う。だけどすごいのは、旅がはじまったその瞬間から、その足下が2センチ浮いたような非現実感がそこにしっかりとあるということだ。

母親や弟がなくし物に固執する様や彼らの記憶のすべて、それらに足場をしっかりと固められてしまった奈津子のこれまでの時間、それらがもうずっと昔から「亡霊」となっていることが少しずつ視認できるにつれこの旅の意味が輪郭を持ってくる。だけどそのずっと前から、この旅が冥土をめぐる気配に満ちていることを肌で知らされるような、そういう感じがして私はうっすら寒かった。

その微かに貼り付いた不穏を抱える心を、なんとか支えてくれるはずのパートナー、唯一地面に足の着いた同行者である夫の太一は、けれどもその背負った不幸により、文字どおり足下がかなりおぼつかなかった。

薄ら笑んでしまうほどに、もう全然頼りにならないのだった。だけど最終的に、この太一が、というか彼をとりまく理不尽そのものが奈津子の手を引いてこの旅をおわりへと導いてくれた。

ときどきに訪れる不幸には、その原因を十分に咀嚼する時間が必要だ。それだけが、不幸をおわらせる唯一の方法と思う。

奈津子がその人生で何度も見舞われた不幸が理不尽と矛盾によるのなら、彼女はいずれ理不尽と矛盾に向き合う必要があったんだろう。それは母の喪失を旅することであり、同時に夫であり、「理不尽という現象そのもの」かのような太一を、静かに味わい尽くすような時間であったのだ。

夫婦が旅を終えて戻った自宅で、テレビを点ければ例のロック歌手が再び映ればいいと思う。その時にはもう、奈津子の両足はしっかり地面を踏んでいる。

夢を解釈なんて無粋だけど、ごく個人的には、そんな風に思う。

（漫画家）

本書は二〇一二年七月、単行本として小社より刊行されました。
初出「冥土めぐり」……『文藝』二〇一二年春号
「99の接吻」……『文藝』二〇〇九年夏号

冥土《めいど》めぐり

二〇一五年 一 月一〇日 初版印刷
二〇一五年 一 月二〇日 初版発行

著 者 鹿島田《かしまだ》真希《まき》
発行者 小野寺優
発行所 株式会社河出書房新社
〒一五一－〇〇五一
東京都渋谷区千駄ヶ谷二－三二－二
電話〇三－三四〇四－八六一一（編集）
〇三－三四〇四－一二〇一（営業）
http://www.kawade.co.jp/

ロゴ・表紙デザイン 粟津潔
本文フォーマット 佐々木暁
印刷・製本 中央精版印刷株式会社

Printed in Japan ISBN978-4-309-41338-9

一人の哀しみは世界の終わりに匹敵する

鹿島田真希　41177-4

「天・地・チョコレート」「この世の果てでのキャンプ」「エデンの娼婦」——楽園を追われた子供たちが辿る魂の放浪とは？　津島佑子氏絶賛の奇蹟をめぐる５つの聖なる愚者の物語。

二匹

鹿島田真希　40774-6

明と純一は落ちこぼれ男子高校生。何もできないがゆえに人気者の純一に明はやがて、聖痕を見出すようになるが……。〈聖なる愚か者〉を描き衝撃を与えた、三島賞作家によるデビュー作＆第三十五回文藝賞受賞作。

やさしいため息

青山七恵　41078-4

四年ぶりに再会した弟が綴るのは、嘘と事実が入り交じった私の観察日記。ベストセラー『ひとり日和』で芥川賞を受賞した著者が描く、ＯＬのやさしい孤独。磯﨑憲一郎氏との特別対談収録。

そこのみにて光輝く

佐藤泰志　41073-9

にがさと痛みの彼方に生の輝きをみつめつづけながら生き急いだ作家・佐藤泰志がのこした唯一の長篇小説にして代表作。青春の夢と残酷を結晶させた伝説的名作が二十年をへて甦る。

空に唄う

白岩玄　41157-6

通夜の最中、新米の坊主の前に現れた、死んだはずの女子大生。自分の目にしか見えない彼女を放っておけない彼は、寺での同居を提案する。だがやがて、彼女に心惹かれて……若き僧侶の成長を描く感動作。

「悪」と戦う

高橋源一郎　41224-5

少年は、旅立った。サヨウナラ、「世界」——「悪」の手先・ミアちゃんに連れ去られた弟のキイちゃんを救うため、ランちゃんの戦いが、いま、始まる！　単行本未収録小説「魔法学園のリリコ」併録。

泣かない女はいない

長嶋有　40865-1

ごめんねといってはいけないと思った。「ごめんね」でも、いってしまった。——恋人・四郎と暮らす睦美に訪れた不意の心変わりとは？　恋をめぐる心のふしぎを描く話題作、待望の文庫化。「センスなし」併録。

夏休み

中村航　40801-9

吉田くんの家出がきっかけで訪れた二組のカップルの危機。僕らのひと夏の旅が辿り着いた場所は——キュートで爽やか、じんわり心にしみる物語。『100回泣くこと』の著者による超人気作。

リレキショ

中村航　40759-3

“姉さん”に拾われて“半沢良”になった僕。ある日届いた一通の招待状をきっかけに、いつもと少しだけ違う世界がひっそりと動き出す。第三十九回文藝賞受賞作。

銃

中村文則　41166-8

昨日、私は拳銃を拾った。これ程美しいものを、他に知らない——いま最も注目されている作家・中村文則のデビュー作が装いも新たについに河出文庫で登場！　単行本未収録小説「火」も併録。

掏《ス》摸《リ》

中村文則　41210-8

天才スリ師に課せられた、あまりに不条理な仕事……失敗すれば、お前を殺す。逃げれば、お前が親しくしている女と子供を殺す。綾野剛氏絶賛！大江賞を受賞し各国で翻訳されたベストセラーが文庫化。

少年アリス

長野まゆみ　40338-0

兄に借りた色鉛筆を教室に忘れてきた蜜蜂は、友人のアリスと共に、夜の学校に忍び込む。誰もいないはずの理科室で不思議な授業を覗き見た彼は教師に獲えられてしまう……。第二十五回文藝賞受賞のメルヘン。

コスモスの影にはいつも誰かが隠れている

藤原新也　41153-8

普通の人々の営むささやかな日常にも心打たれる物語が潜んでいる。それらを丁寧にすくい上げて紡いだ美しく切ない15篇。妻殺し容疑で起訴された友人の話「尾瀬に死す」（ドラマ化）他。著者の最高傑作！

ハル、ハル、ハル

古川日出男　41030-2

「この物語は全ての物語の続篇だ」——暴走する世界、疾走する少年と少女。三人のハルよ、世界を乗っ取れ！　乱暴で純粋な人間たちの圧倒的な“いま”を描き、話題沸騰となった著者代表作。成海璃子推薦！

カツラ美容室別室

山崎ナオコーラ　41044-9

こんな感じは、恋の始まりに似ている。しかし、きっと、実際は違う——カツラをかぶった店長・桂孝蔵の美容院で出会った、淳之介とエリの恋と友情、そして様々な人々の交流を描く、各紙誌絶賛の話題作。

人のセックスを笑うな

山崎ナオコーラ　40814-9

十九歳のオレと三十九歳のユリ。恋とも愛ともつかぬいとしさが、オレを駆り立てた——「思わず嫉妬したくなる程の才能」と選考委員に絶賛された、せつなさ百パーセントの恋愛小説。第四十一回文藝賞受賞作。映画化。

埋れ木

吉田健一　41141-5

生誕百年をむかえる「最後の文士」吉田健一が遺した最後の長篇小説作品。自在にして豊穣な言葉の彼方に生と時代への冷徹な眼差しがさえわたる、比類なき魅力をたたえた吉田文学の到達点をはじめて文庫化。

夢を与える

綿矢りさ　41178-1

その時、私の人生が崩れていく爆音が聞こえた——チャイルドモデルだった美しい少女・夕子。彼女は、母の念願通り大手事務所に入り、ついにブレイクするのだが。夕子の栄光と失墜の果てを描く初の長編。

kawade bunko